KiWi

1950

Das Buch

Als ihre Eltern aus Zagreb fliehen müssen, kommt Adriana mit vier Jahren zu ihrer Tante nach Italien. Dorthin wird sie ihr Leben lang zurückkehren: als Jugendliche in den Sommerferien, mit ihrer gesamten Abiklasse – und mit all ihren Liebhabern, die Tantchens aristokratischem Blick standhalten müssen. Und auch als Adrianas Mann sie nach dreißig Jahren Ehe verlässt, ist es ihre 98-jährige Tante, die ihr am Gardasee mit jeder Menge Pasta, pragmatischen Ratschlägen und Barbesuchen zur Seite steht.

Ausgerechnet Teta Jeles hundertsten Geburtstag können sie nicht miteinander feiern. Adrianas Tante ist im Pflegeheim, wegen der Pandemie darf sie keinen Besuch empfangen. Umso häufiger telefonieren die beiden miteinander. Und lassen dabei Jeles Jahrhundertleben Revue passieren. Die Kindheits- und Jugendjahre in Zagreb, die Rettung durch Giorgio, der die Tante nach Mantua brachte und den sie nur aus Dankbarkeit heiratete. Die Liebe zu Fritz Epstein, der rechtzeitig nach Australien floh. Den Umgang mit dem Altwerden und der eigenen Geschichte inmitten des Weltgeschehens. Adriana Altaras entwirft in ihrem neuen Buch ein zartes und zugleich irre komisches Porträt einer wunderbar eigensinnigen Frau.

Die Autorin

Adriana Altaras wurde 1960 in Zagreb geboren, lebte ab 1964 in Italien, später in Deutschland. Sie studierte Schauspiel in Berlin und New York, spielte in Film- und Fernsehproduktionen und inszeniert seit den Neunzigerjahren an Schauspiel- und Opernhäusern. Sie erhielt zahlreiche Auszeichnungen, u. a. den Bundesfilmpreis, den Theaterpreis des Landes Nordrhein-Westfalen, den Silbernen Bären für schauspielerische Leistungen und den Deutschen Hörbuchpreis. 2012 erschien ihr Bestseller »Titos Brille«. 2014 folgte »Doitscha – Eine jüdische Mutter packt aus«, 2017 »Das Meer und ich waren im besten Alter« und 2018 »Die jüdische Souffleuse«. Adriana Altaras lebt in Berlin.

ADRIANA ALTARAS

BESSER ALLEIN ALS IN SCHLECHTER GESELLSCHAFT

Meine eigensinnige Tante

Kiepenheuer & Witsch

Meine Tante sitzt fest. Sie kann nicht raus und ich kann nicht rein. Ich darf nicht nach Mantua reisen, ich darf sie nicht in ihrem Pflegeheim besuchen, denn Mantua ist »rote Zone«, hundertzwanzig Kilometer von Bergamo, dem Epizentrum, entfernt. Alles ist zu, verschlossen, abgeriegelt. Ich müsste heimlich über die Alpen, wie eine Partisanin. Aber ohne Hollywood-Musik. Das traue ich mir nicht zu.

Es ist April und die japanische Kirsche im Rondell vor meinem Haus blüht schöner denn je. Niemand sitzt unter den rosa Blüten, wie sonst jedes Jahr, überhaupt ist niemand auf der Straße, es ist gespenstisch still. Eine fette Ratte knabbert an einem achtlos hingeworfenen Sandwich. Oder ist es ein Kuchenstück? Aus dem vierten Stock ist es schwer auszumachen. Sicher ist, es ist eine echte vollgefressene Berliner Ratte.

»Casa di cura, Villa Paradiso. Sono Daniela«, höre ich es aus dem Apparat.

»Buongiorno Daniela. Sono Adriana, la nipote della signora Jelka Motta-Fuhrmann.«

»Ah sì, Adriana, die Nichte.«

Als ich die Tante noch im Pflegeheim besuchen durfte, habe ich Daniela kennengelernt. Sie ist groß, hat rot gefärbte Locken, liebt Süßigkeiten. Ihr Büro befindet sich am Eingang, sie geht aber regelmäßig bei Tante vorbei, denn die Teeküche ist neben Tantes Zimmer und Daniela hat immer Hunger. Ich brachte ihr und Tante Lübecker Marzipan, Stollen und Dominosteine mit, sie aßen gemeinsam ihre tägliche Portion. Meine Tante, die Hundebesitzerin, Daniela, die drei Katzen hat, der Gesprächsstoff ging ihnen nie aus.

»Wie geht es meiner Tante?«

»Sie ist wirklich ein Engel, unser Glücksbringer! Allerdings behauptet sie, wir hätten ihre Cashmere-Twinsets gestohlen, aber wir ...«

»Keine Sorge, ich weiß, Daniela, Sie machen alles Menschenmögliche. Ich werde mit ihr sprechen, grazie per tutto.«

»Bene, ve la passo, salve.«

Daniela nimmt den tragbaren Hörer und ich höre sie rufen:

»Signora Fuhrmann, Signora Fuhrmann! Sua nipote! Hören Sie? Sua nipote!«

»Ah, grazie. Pronto, pronto?«

»Signora Fuhrmann! Sie müssen den Hörer andersherum halten! Signora Jelka Fuhrmann, cosí!«

Daniela schreit sich die Seele aus dem Leib, das kann ich deutlich durchs Telefon hören. Man muss sehr gute Nerven haben, möchte man es in der Geriatrie zu etwas bringen.

»Tantchen, Zia, ich bin es, wie geht es dir?«

»Na endlich. Ich habe mir schon Sorgen gemacht. Wie soll es mir gehen? Ich lebe in einem Totenhaus. Stille und Leere überall. Unheimlich. Es soll ein Ende haben.«

»Was? Dein Leben?«

»Nein, Kindchen, nicht das Leben, ich lebe gern noch ein Weilchen.«

»Tante, du weißt, du wirst bald hundert Jahre alt.«

»Ja, verrückt, nicht? Wer hätte das gedacht, dass ich jemals so alt werde? Ich bin wirklich schon sehr ... sehr alt.«

»Ja, das bist du. Du bist auch sehr schön, Tante.«

»Das eine hat mit dem anderen gar nichts zu tun.«

»Ja, ich weiß. Aber bei dir stimmt es trotzdem.«

»Geht es dir gut? Geht es dir wirklich gut?«

»Ja.«

»Und den Kindern?«

»Auch gut. Alles in Ordnung.«

»Kommst du aus mit dem Geld? Es sind noch einige Rechnungen zu zahlen. Sie haben die Steuern auf eine unverschämte Weise erhöht. Der blanke Ruin. An der Regierung sind jetzt nur noch Verbrecher, oder?«

»Ich weiß nicht, Berlusconi war auch kein Held.«

»Oh doch. Aber davon willst du nichts verstehen. Wie deine Mutter.«

»Ich werde alle deine Rechnungen bezahlen, mach dir keine Sorgen.«

»Ums Geld mache ich mir keine Sorgen. *I soldi ci saranno, ma noi non ci saremo più.*«

Das Geld wird es geben, uns aber nicht mehr. Eine von Tantes Lieblingsweisheiten.

»Brauchst du etwas, Zietta?«

»Was soll ich hier brauchen?«

»Deine Shiseido-Creme vielleicht?«

»Ja, stimmt. Wenn du mir die kaufen könntest? Sie ist teuer.«

»Kein Problem. Mache ich gern. Sonst noch was?«

»Sie haben meinen Pullover gestohlen. Meinen besten, teuersten Pullover.«

»Ich weiß.«

»Woher weißt du?«

»Daniela und die Schwestern haben es mir erzählt, sie waren es nicht, sie haben schon die Polizei informiert.«

»So? Und du glaubst ihnen? Die Carabinieri werden nichts ausrichten.«

»Das mag sein. Aber es ist doch klug, dass sie sie eingeschaltet haben.«

»Ich weiß nicht. Ich bin froh, dass du angerufen hast. Ich habe mir schon Sorgen gemacht.«

»Musst du nicht. Beim letzten Telefonat hast du mich gar nicht gehört. Du hast immer wieder geschrien: ›Ich höre dich nicht!‹«

»Ja, das war lustig.«

»Auch wenn ich nicht anrufe, Tante, ich denke immer an dich und bin für dich da.«

»Aber das weiß ich doch, Liebchen. Das weiß ich doch. Ich auch für dich. Pass auf dich auf. Danke, dass du mich angerufen hast. Ich bin sehr erleichtert, dich zu hören. Ich mache mir immer Sorgen um dich.«

»Warum? Ich bin erwachsen. Lach nicht! Ich werde morgen sechzig, Zia!«

»Das war schön, als ich sechzig wurde. Ich war so jung. Du hast noch so viel vor dir.«

»Wenn du meinst. Aber hör auf, dir Sorgen zu machen,

das nervt. Du machst dir Sorgen, wenn ich Fahrrad fahre, wenn es dunkel wird … Das ist absurd!«

»Sorgen machen ist normal. – Mach dir Sorgen, Gründe folgen! Jetzt höre ich dich nicht mehr. Hallo? HALLO? Ich lege jetzt auf …«

»Warte, Zia! Warte kurz!«

»Was gibt es noch?«

»Wollen wir morgen sprechen?«

»Schon wieder?«

»Ich habe Geburtstag, ich kann nicht kommen, aber wir können telefonieren!«

»Gut, meine Kleine …«

Als ich auflege, hat die Ratte das Sandwich aufgefressen und sich genüsslich in die Sonne gerollt.

Sie schieben mich zu dem großen Fenster. Ich kann den Park sehen. Die Bäume, sogar einen Zipfel des Sees. Die dünnen Pappeln bewegen sich aufgeregt im Wind. Vielleicht bilde ich es mir auch nur ein. Sehen tue ich schlecht. Viel schlechter, als ich zugebe. Die letzten Jahre habe ich auf Verdacht gekocht. Ich habe die Espresso-Maschine mit Kaffee gefüllt, das Streichholz ertastet, meine Hand kurz über die Flamme gehalten, dann wusste ich, sie ist an. Man hört, wenn der Kaffee fertig ist, und man riecht es. Es ist nichts Schlimmes passiert, also wozu die Aufregung? Es ist ein paar Jahre gut gegangen. Blinde leben doch auch hervorragend allein?!

Ich liebe die Natur, aber ich bin nicht gerne vor diesem Fenster. Die anderen Alten werden auch hergeschoben. Sie reden und reden. Ich verstehe sie nicht, aber ihr Murmeln ist störend. Manches höre ich, immer weniger eigentlich, und nur an manchen Tagen. Sie schauen mich an und es kommt mir vor, als ob sie schreien. Ich sehe in ihre zahnlosen Münder. Was wollen sie mir sagen und warum? Ich möchte meinen Gedanken nachhängen. Denn obwohl nichts passiert, den lieben langen Tag, werde ich nicht fertig mit dem Denken.

Ich denke nicht chronologisch. Sonst wäre es auch schrecklich langweilig. Alles passiert gleichzeitig in meinem Kopf. Was lange vorbei ist, was gestern war, was heute ist. Alles eins. Wie bei den Restaurants mit »internationaler Küche«. Es gibt Schnitzel dort und Tzatziki und Pizza. Alles durcheinander.

Ich denke an meine Nichte. Daran, wie wir beide im letzten Sommer im Gardasee schwammen. In unseren erlesenen Bademoden, versteht sich.

Ich habe dafür gesorgt, dass sie schon mit vier hervorragend schwimmen konnte. Ohne diese albernen Schwimmflügelchen. Manchmal ist sie untergegangen, aber nur ganz kurz, ich habe sie rasch hochgezogen, dann hat sie gehustet und ist weitergeschwommen. Schwimmen gehört zu den überlebenswichtigen Disziplinen. Ich liebe Wasser und das sollte sie auch. Letztes Jahr allerdings schwamm sie wie eine Wahnsinnige in die Mitte des Sees und ich war froh, dass sie an Land zurückgefunden hat. Sie haben hier eine Turnhalle im Untergeschoss, wo sie mit uns Alten Übungen machen. Unsinniges Strecken. Wenn es ein Schwimmbecken gäbe, wäre ich schon längst gesund, auf und davon.

Und dann fällt mir ein, wie ich Adriana gebadet habe, als sie klein war. Sie quietschte vor Vergnügen, die Hunde sprangen um die Wanne, bellten, wollten hinein, hielten es für ein Spiel. Alles war nass, das Bad, die Tiere und mein Kleid ebenfalls.

Meine Schwester sagte am Telefon, die Kleine solle bald nach Deutschland. Draußen lachten Kinder und die Rosen blühten. Es war Mai, kurz vor meinem vierundvierzigsten Geburtstag. Für eine Weile dachte ich, das sei ein Scherz. Aber meine Schwester Thea meinte es ernst. Ich solle im Sommer die Kleine nach Deutschland bringen.

Zwischendurch werde ich geduscht. Sie heben mich hoch wie ein Baby und setzen mich auf einen Stuhl unter die Dusche. Das Wasser ist lauwarm, hinterher fühle ich mich gut, aber währenddessen würde ich sie am liebsten kratzen. Sie waschen meine Haare und kämmen sie lange und gründlich. Von fremden Menschen gewaschen zu werden ist anstrengend. Scham macht müde.

So hatte ich mir meinen Geburtstag nicht vorgestellt. Er sollte ganz, ganz anders werden.

Ich hatte eine Riesenparty mit hundertfünfzig Gästen geplant. Meine Söhne hatten »Dragqueen« als Motto vorgeschlagen. Ich bin eigentlich kein Fan von Mottopartys. Prinzessinnen und Cowboys wie in der Grundschule? Aber dann gefiel mir die Idee doch: alle meine Freunde aufgehübscht bis zur Unkenntlichkeit. In Leder, Lack, Strass und langen falschen Wimpern. Die Einladung war cool, die Zusagen vielversprechend.

Meine To-do-Liste – ich liebe To-do-Listen – war herrlich lang. Crémant und Cocktails. Süßes und Salziges. Es würde Berge an Essen geben. Eine Jury für das beste Outfit wurde ausgelobt, Karaoke vorbereitet. Tanzen, trinken, kleine Häppchen, um weiter zu trinken und zu tanzen. Und ein bisschen falsch zu singen.

Und dann kam alles anders. Ich hielt die Gäste on hold und sagte schließlich die Feier ganz ab. Meine schöne To-do-Liste landete im Papierkorb, es war nicht die Zeit für minutiöses Planen. Man musste im Moment leben. Wer plante, wurde mit der Realität bestraft.

Ich würde einfach neunundfünfzig bleiben, bis ich das rauschende Fest würde nachholen können.

»Auguri tesoro! Bin ich die Erste?«

Das Handy rutscht mir fast aus der Hand, ich bin schlaftrunken, halb acht in der Früh.

Es ist Tantchen. Sie hat die ganze Station verrückt gemacht, sie wollte meinen Geburtstag auf keinen Fall vergessen.

»Meine besten Glückwünsche, Nanuschka, hundertzwanzig sollst du werden!«

»Danke, Tante! Ich bin ja schon sechzig. Nur noch sechzig Jahre und das Ziel ist erreicht. Mein Gott, bin ich alt! Sechzig, Zia, sechzig!«, wiederhole ich fassungslos.

»Sei ancora una fanciulla, questa è la faccenda«, antwortet charmant die Tante. »Du bist immer noch ein Mädchen. Meine Kleine, du bist jung und schön. Wie glücklich bin ich, dir gratulieren zu können. Jedes der sechzig Jahre mit dir war ein Gewinn, ich bin so stolz auf dich. Die ganze Station weiß, dass du Geburtstag hast. Seit sechs Uhr in der Früh!«

»Da haben sie sich bestimmt sehr gefreut. Hättest du dir jemals vorstellen können, dass ich sechzig werde?«

»Aber natürlich, warum denn nicht? Geht es dir gut? Du klingst wie ein verwirrtes Kind.«

»Nein, nein, alles gut. Ich fühle mich nur wie vierzehn und glaube, wie zwanzig auszusehen, aber ich fürchte, das kann so nicht stimmen. Weißt du, es ist schon komisch, alt zu werden …«

»Wem sagst du das?! Vergiss nicht: *Buon sangue non mente.*«

»Was? Ach ich weiß nicht, ob ich mich freuen oder weinen soll. Wenn du hundert wirst, Tante, werde ich da sein. Versprochen!«

Aber da hat Tantchen schon aufgelegt. *Buon sangue non mente* – Der Apfel fällt nicht weit vom Stamm …

Die Feier ist zwar ausgefallen, mein Geburtstag aber nicht. Kurz überlege ich, einfach vierundzwanzig Stunden durchzuschlafen. Stattdessen kaufe ich zwölf Flaschen Crémant und stelle sie kalt, man weiß ja nie.

Als Kind dachte ich, Menschen mit sechzig sind praktisch tot. Dement und säuerlich riechend.

Jetzt bin ich diese Sorte Lebewesen geworden. Quasi über Nacht. Was habe ich schon Großes erlebt? Im Vergleich zur Tante nichts. Gar nichts. Tantchen hat zwei Seuchen erlebt, die spanische Grippe und dieses Desaster jetzt. Einen Weltkrieg, die Shoa mitsamt KZ und eine norditalienische Schwiegermutter.

Ich bin Waldorfschülerin und wurde nur einmal beim Klauen im Marburger Kaufhaus Ahrens erwischt. Ich hatte einen Rotring-Stift gestohlen für meinen Freund Florian. Florian ist tatsächlich Künstler geworden, obgleich der Rotring schon nach einer Woche verklebte und kein bisschen Tinte mehr aus ihm herausfloss. Was für eine banale Vita habe ich vorzuweisen.

Alt werden ohne nennenswerten Lebenslauf und dann noch nicht einmal feiern können!

Mein Geburtstag ist vorbeigerauscht, unspektakulär und doch schöner als erwartet. Meine beiden Söhne haben sechzig Sushis ins Wohnzimmer balanciert, dabei verwegen gegrinst und den ersten Crémant geöffnet. Habe ich mich jemals über sie beschwert? Wie konnte ich nur? Ich kicherte, fühlte mich wie vierzehn und sah auf den Selfies von uns dreien aus wie zwanzig. Schönheit kommt eben wirklich von innen …

Im Stundentakt kamen Freunde vorbei, ich stieß mit ihnen gegen die lauernde Melancholie an, mit jedem einzeln zwar, aber dafür umso gründlicher. Ganz regelkonform, im Treppenhaus, auf dem Bürgersteig, im Park. Als die Sonne unterging, waren die zwölf Flaschen leer. Der Weltschmerz war geblieben. Ich war amtliche sechzig, die Lebensmitte war eindeutig überschritten, es galt nun, jede Bewegung zu überprüfen. Nur noch Sinnvolles wollte ich vollbringen. Nichts Überflüssiges mehr, die Zeit wurde knapp.

»Jetzt bitte kein Katzenjammer!«, sagte Tantchen am nächsten Morgen, als ich ihr meine hochtrabenden Pläne anvertraute. »Altro giro, altro regalo.« Nächste Runde, nächstes Geschenk, oder: Neues Jahr, neues Glück.

Tante ist eine Schatzkammer an Sprichwörtern.

Vom Balkon aus sehe ich den Bienen zu, sie arbeiten sich fleißig durch den Kirschbaum. Sie kennen keine Jahrestage oder Jubiläen, wetten? Kleine rosa Blüten fliegen an mir vorbei, als würde es schneien. Auf mich! Und die Bienen! Und auf Tante, die in sieben Wochen hundert Jahre alt wird, in diesem merkwürdigen, einsamen Jubiläumsjahr. Wozu braucht es überhaupt Jubiläen? Man schwelgt in Erinnerungen, früher war alles lustiger, wilder, sogar das Wetter war besser.

In diesem Zustand scheint mir Putzen das Sinnvollste. Die äußere Ordnung wird die innere nach sich ziehen. Ich widme mich dem Frühjahrsputz, als ginge es um mein Leben, finde Dinge, die ich sicher schon einmal weggeworfen habe. Oder doch nicht?

Meine Tante hat seit fünfundsiebzig Jahren nichts mehr weggeworfen. Sie hat alles aufbewahrt. Leere Cremedosen und alte Puppen. Twinsets und Castagnoli-Schuhe. Sie geht davon aus, dass ich alles übernehmen werde. Wer wegwirft, ist ein Faschist. So ihre Devise.

Wer wird nach mir aufräumen, wenn es mich nicht mehr gibt?

Meine Söhne sicher nicht. Sie sind vor ein paar Wochen ausgezogen. Erst der eine, dann der andere. Das gehört sich so. Haben alles dagelassen, was sie als Kinder gebastelt haben, zweimal je fünf Jahre Grundschule sind zehn Jahre Tonarbeiten, Bilder und mehr.

Dazu noch alles, was sie im Moment nicht mehr brauchen, aber nicht wegwerfen wollen. Achtzehn Bälle, geeignet für Hockey, Basket-, Volley- und Fußball. Zweiundzwanzig Trikots, von Pelé bis Maradona, von Zidane bis Messi und Ronaldo ist alles dabei.

Ich bin die Verwalterin ihrer Kindheit auf einhundertsechsundsechzig Quadratmetern.

Zwei Flüchtlingsfamilien könnten einziehen, sobald ich alles sauber habe.

Der Staubsauger ist entsetzlich laut, ein Playmobil-Männchen von 1997 hat sich verfangen, will weder vor noch zurück. Wenn ich den Staubsauger jetzt auseinanderschraube, bekomme ich ihn nie wieder zusammen. Ich bin sechzig, sitze auf dem Fußboden einer riesigen Altbauwohnung, allein mit einem alten Miele-Staubsauger, und kann die Tränen nicht aufhalten. Dabei sind sie doch unverwüstlich, diese Miele-Geräte, sagt die Werbung.

Mein Mann ist seit einem Jahr mein Ex-Mann und das hier ist kein Treatment zu einem Degeto-Film. Es ist die Realität, es ist mein Leben. Der Staubsauger und ich, wir sind wirklich nicht zu retten!

Er hat sich auf und davon gemacht und mich mitsamt Kinderspielzeug, Haushaltsgeräten und einem Phasenprüfer alleingelassen. Ich bin keine leidenschaftliche Köchin, verstehe nicht viel von Elektrizität und strebte einen gemeinsamen Lebensabend an, inmitten einer Schar von Enkelkindern.

Umringt von maroden Küchengeräten und kaputten Elektroteilen werde ich nun langsam alt. Beim Berliner Recyclinghof begrüßt man mich schon per Handschlag. Ich könnte vom Eiffelturm springen, aber Paris ist gesperrte Zone. Der Funkturm in Berlin ist sowieso näher. Allerdings erinnere ich mich dunkel, dass ein Fangnetz um die Spitze hängt. Nicht auszudenken: Man springt und zappelt stundenlang wie ein Fisch im Netz, halb Berlin kann hochschauen und sich mokieren: »Ist sie nicht schon zu alt für solche Kinkerlitzchen? Ein bisschen mehr Reife hätten wir ihr schon zugetraut.«

Ich muss weiterputzen, sonst wird das heute nichts mehr mit der guten Laune. Dabei habe ich eine Stauballergie.

Tante findet, es gebe keine zu großen Wohnungen, und allein sein sei herrlich. Sie wird mir zum tausendsten Male auf mein Lamento, ich sei so allein, antworten:

»Meglio soli, che mal accompagnati.«

Besser allein als in schlechter Gesellschaft. Wieder so eine Lebensweisheit.

Ich finde, das stimmt nicht. Es gibt schreckliche Gesellschaft, die sehr unterhaltsam sein kann.

Letzte Woche am Telefon habe ich Tante gefragt, ob sie noch leben möchte. Sie hat ganz klar geantwortet: Ja. Sie ist eine Greisin, sie lebt im Pflegeheim, sie hört wenig und sieht noch weniger, aber sie ist nicht lebensmüde. Ich bin lebensmüder als sie. Das ist doch irre.

Ich habe sie schon früher oft gefragt: Wie geht das, leben? Sie hat dann einen Moment nachgedacht, gelächelt und weise, wie sie ist, keine Antwort gegeben. Dabei hätte gerade sie wenig Grund zum Lächeln.

Was willst du noch, Tante? Das habe ich sie natürlich nicht gefragt. Aber das frage ich mich. Wartet sie noch auf etwas? Eine Entschuldigung? Eine Erklärung? Von wem?

Bis vor einem Jahr hat sie allein gelebt. Immer mit einem Hund. Die Hunde wurden mit der Zeit kleiner, sie auch. Sie trank ihren Cappuccino am Morgen, dann ging sie spazieren und freute sich des Lebens. Einfach so. Staunend sah ich bei meinen Besuchen ihrem ruhigen Treiben zu. Sie tastete sich in ihrer Wohnung fröhlich von Möbel zu Möbel, wie eine Schlafwandlerin. Ich hatte mich schon länger gefragt, wie gut sie überhaupt noch sehen konnte, und irgendwann eine Augen-OP für sie organisiert. Tante schwor danach, es sei viel, viel besser geworden, und rannte gegen den Esszimmertisch.

Es ist etwas Feines, nicht mehr so gut zu sehen. Man ist sicher auch viel schneller mit dem Putzen fertig. Im Nu wirkt alles sauber und die Wollmäuse können unter dem Bett gelassen ihre Partys weiterfeiern. Wahrscheinlich ist putzen überbewertet, ich sollte ins Bett gehen und auf die heilende Wirkung des Schlafes hoffen, zumindest was meine Laune betrifft.

Als ich Tantchen heute früh angerufen habe, hat sie gelächelt. Man kann es hören, das Lächeln, gerade am Telefon ist es gut hörbar. Sofort hat sie mich gefragt, warum ich so deprimiert sei. Die Berichterstattung über meinen Geburtstag fand sie schön, ich solle mich freuen. Das Leben sei herrlich, voller Überraschungen und ich sei ein Glückspilz. Da ich aus sicherer Quelle weiß, dass es den Begriff Pechpilz nicht gibt, habe ich ihr nicht widersprochen. Hätte ich aber gerne.

»Wir sind beide Glückspilze«, fügte sie hinzu. »Du noch mehr als ich.«

Was für ein Wettbewerb!

»Warum bist du so schwermütig, was ist los?«, insistierte sie.

»Ich weiß es nicht«, log ich. Mir war wirklich nicht danach, das vertraute Liebeskummer-Wehklagen anzustimmen.

»Es ist ja so, die guten Dinge gehen vorbei und die schlechten auch. Du wirst sehen, auf einmal ist der Kummer weg und das Blatt hat sich gewendet.«

»Ist das der Kalenderspruch von heute, Zietta?«

Wäre sie nicht meine geliebte Tante, hätte ich auf diesen plumpen Tagestipp gepfiffen. So ließ ich ihn zwei, drei Minuten auf mich wirken und schob ihn dann nachdenklich zur Seite.

Mir ist unglaublich langweilig. Das Zimmer ist von einem so blassen Gelb, dass man permanent gähnen möchte. Die Lampen sind altersschwach und auch von außen kommt zu wenig Licht herein. Adriana behauptete bei ihrem letzten Besuch, es sei in Wahrheit sehr hell, es läge an meinen Augen. Das ist natürlich Unsinn.

Ich bitte die Schwestern, das große Licht einzuschalten, stattdessen lüften sie. Diese Lüftungsmanie ist krankhaft, ich friere schrecklich, ich hasse Durchzug. Kaum sind sie aus dem Raum, rolle ich zum Fenster und schließe es wieder. Sie lachen, wenn sie mich dabei erwischen, ich bin die Älteste und ihr Glücksbringer, sagen sie.

Vor ein paar Wochen noch haben sie mich auf die Stirn geküsst, zur guten Nacht umarmt. Plötzlich hieß es, Berührungen seien verboten, das bringe Krankheit und Tod. Ohne einander zu berühren, sollen wir jetzt leben? Das wird zu nichts führen, so viel ist sicher.

Wenige Tage später liefen sie alle mit Masken herum, als müssten sie uns gleich operieren. Seitdem erkenne ich niemanden mehr. Sie verlangen von mir ebenfalls, so einen Lappen vor dem Mund zu halten, was nicht klappt. Das Ding rutscht ständig herunter, hängt mir am Ohr oder unter dem Kinn.

Nach dem Lüften mache ich Physiotherapie, ich ziehe die Therapeutin hinter mir her, so langsam läuft sie. Ich will wieder gut und schnell laufen können, dann gehe ich fort von hier, nach Hause, und hole mir einen neuen Hund. Die Therapeutin ist nach den Übungen erschöpft, setzt aber mich in den Rollstuhl.

Früher kam häufig Besuch. Wie lange ist das jetzt her?

Gino ist der Hauswart aus dem Gebäude, in dem meine Wohnung liegt. Eine Seele von Mensch, mit roten Wangen und immer fröhlich. Jeden Tag hat er einen Espresso bei mir getrunken. Seine Frau Marisa schaut nach der Post, solange ich hier bin. Sie weiß alles besser, aber sie hilft, wo sie kann. Als es noch ging, brachte sie mir Medizin und Schokolade. Aus der jüdischen Gemeinde kam Miriam. Dann wusste ich, wann die hohen Feiertage waren, wann ich fasten musste und wann das neue Jahr begann. Auch Dr. Norsa, unser Vorsitzender, schaute ab und zu herein. »Es ist eine schöne Mizwa für mich, nach Ihnen zu sehen«, sagte er jedes Mal. Mizwa, Schmizwa, er war froh, dass er nicht hier drinnen festsaß, so wie ich. Deshalb kam er. Auf dem Nachhauseweg dankte er Gott dafür und aß eine Sbrisolona in der Konditorei. Aber immerhin, es kam Besuch. Auch Adriana kam ab und zu, sie brachte die Schwestern zum Lachen und die Ärzte zur Verzweiflung.

Jetzt ist es öde und langweilig wie in einem Grab.

Eine Stimmung zum Weinen ist das. Nur der Tod wagt sich in meine Nähe. Er sitzt entspannt auf der Bettkante. Ab neunundneunzig Jahren kann man sich auf seinen unangemeldeten Besuch einstellen.

Ich kann nicht davonlaufen, ich bin hier eingeschlossen. Zu Hause wäre ich aufgestanden, hätte Staub gewischt oder irgendetwas gesucht. Ich suche seit Jahren Sachen. Ich suche einen Schlüssel, um einen Schrank zu öffnen, in dem sich mein Portemonnaie befindet. Nach Monaten taucht der Schlüssel auf, aber dafür ist das Portemonnaie weg.

Hier ist es aseptisch sauber und aufgeräumt, in meinem kleinen Metallschrank befindet sich nur noch der Bademantel, zwei T-Shirts liegen zusammengefaltet in der Schublade, der Rest wurde ohnehin gestohlen.

Mir wird viel gestohlen, schon seit Längerem. Trotzdem suche ich die Sachen. Vielleicht, weil alle sagen, dass sie nicht gestohlen sein können, dass ich es mir nur einbilde. Manchmal finde ich wirklich etwas wieder. Selten. Und immer das, was ich nicht gesucht habe.

Ich habe keine Angst vor dem Tod. Ich will nur nicht krank werden und ewig in dieser »Villa Paradiso« dahinsiechen. Was für ein romantischer Name. Die Villa liegt sogar an einem See. Aber die Seen um Mantua sind mickrig, Tümpel eher, und die Villa sieht von innen aus wie ein Krankenhaus. Die Romantik bleibt im Namen stecken.

Über meinen Sturz habe ich mich schrecklich geärgert. Ich war am Gardasee, ging mit Lilly, meinem Hund, spazieren, es war ein ausnehmend schöner Tag. Der See glitzerte in verschiedenen Blautönen, zum Weinen schön. Sie sagen, der Hund habe an der Leine gezogen, weil er mit einem anderen Hund toben wollte, ich sei zu schwach gewesen, ihn zu halten, und schließlich über die Leine gefallen. Es sei ein grober Fehler gewesen, mich mit einem Hund allein zu lassen. Das ist doch Unsinn! Mir war plötzlich schwindelig, nur deswegen bin ich gefallen. Der Hund spielte dabei überhaupt keine Rolle. Sie gönnen einer alten Dame ihren Liebling nicht. So ist das.

Ich hätte schon längst wieder zu Hause in Mantua sein sollen, wenn es nach Adriana ging, samt einer Rundum-Betreuung, aber ich wollte nicht weg vom See. Habe es Tag um Tag hinausgezögert. Bis ich gefallen bin. Adriana hat sich maßlos aufgeregt, sie sagt, ich sei furchtbar stur. Das sagt die Richtige.

Ich bin gefallen und der Oberschenkelhals war durch. Warum der nicht stabiler gebaut ist, frage ich mich. Unmengen alter Leute brechen sich genau den.

»Das ist der Anfang vom Ende«, sagte Dr. Norsa, unser Gemeindevorsitzender, der alles besser weiß. Anfang von welchem Ende? Von der Hölle? Das jetzt hier, dieses Eingesperrtsein, dieses Umeinander-Herumschleichen, ohne sich zu berühren, das ist der Anfang vom Ende. Dagegen wird die wirkliche Hölle, so es sie überhaupt gibt, ein Paradies sein. Die ersten Wochen waren besonders schlimm. Die OP war lang, die Schmerzen groß und in einem Rollstuhl zu sitzen ist nichts für mich. Inzwischen laufe ich manchmal wieder und möchte los, raus in die Welt. Adriana sagt, die Welt, die ich kannte, bevor ich gestürzt bin, gibt es nicht mehr. Was soll das denn heißen?

Er sitzt wieder da, auf der Bettkante. Mein Freund. Er lächelt still vor sich hin. Schlawiner. Ich fürchte mich nicht, du Beelzebub. Eines Tages werde ich einfach nur nicken. Und einschlafen. So wird das sein.

Den Krieg habe ich mir nicht ausgesucht, und genickt habe ich dazu schon mal gar nicht. Ich habe vier Jahre im Krieg zugebracht, wir haben alles verloren. Gehungert habe ich und mich nicht beruhigen können. Nach dem Krieg wurde es nicht wirklich besser, aber lebensmüde war ich nie. Solange man sich ein Leinenkleid kaufen kann, für das man lange gespart hat, ein paar sehr feine Schuhe von Castagnoli ... Nichts können diese Sachen ungeschehen machen, aber sie können trösten und zeigen, dass man am Leben ist.

Gleich gibt es Mittagessen. Jeden Abend kommt eine Schwester und setzt sich zu mir. Sie liest mir den Speiseplan für den nächsten Tag vor, ich suche aus, was ich essen möchte. Es stehen zur Wahl: Minestrone, Pastina oder Pasta und dann Fleisch, Fisch oder nur Gemüse.

Ich nehme meistens erst Pasta, dann klein geschnittenes Fleisch und Püree und als Nachtisch Eis. Ich esse mit Appetit. Wie eine Schildkröte, sagt meine Nichte. Ich weiß nicht, wie Schildkröten essen, aber hier schmeckt es mir. Immer wieder fängt Adriana davon an, ich solle nach Deutschland kommen. Dass es mir in einem deutschen Altersheim schmecken würde, wage ich zu bezweifeln. Ich habe nichts gegen Kartoffeln, aber jeden Tag? Meine Schwester Thea liebte Kartoffeln. Kein Wunder, dass sie nach Deutschland ausgewandert ist. Dort ist sie auch gestorben. Ich will nicht behaupten, die Kartoffeln hätten ihr geschadet, aber ein längeres Leben hat man eindeutig mit Pasta.

Schon allein bei der Vorstellung, dass ich im Heim nur von alten deutschen Menschen umgeben wäre, dreht sich mir der Magen um. Sind in deutschen Altersheimen nicht doch nur alte Nazis? Wen bitte soll ich das fragen? Jeder würde mit »Aber nein!« antworten. Und wenn sie lügen?

Da war Thea sehr pragmatisch. Sie ist rasch gestorben und hat sich das Altersheim erspart.

Ich will meine Nichte nicht alleinlassen. Noch ein bisschen möchte ich da sein, dann schafft sie es auch allein.

»Signora Jelka! Il pranzo!«

»Grazie, Daniela.«

Daniela arbeitet vorne im Büro, aber manchmal kommt sie vorbei und wir unterhalten uns ein bisschen. Sie bringt Pralinen, die wir genüsslich essen, und verschwindet wieder. Daniela hat drei Katzen: Berlinguer, Berlusconi und Bardot. Berlinguer ist rot, Berlusconi schwarz und Mademoiselle Bardot weiß. Sie spricht mehr über ihre Katzen als über ihre Familie. Bardot ist trächtig, aber man weiß nicht, ob von Berlinguer oder von Berlusconi.

Es riecht gut. Heute gibt es Tortelli di zucca, eine Spezialität aus Mantua. Erst wenn sie das so zubereiten können in Deutschland, überlege ich mir hinzuziehen, vorher nicht.

Viele haben ein Wochenendhaus. Ich habe einen Zirkuswagen, auf einer Insel im Tegeler See. Tante meint, das passt, ich hätte schon als Kind in einem Wohnwagen reisen und leben wollen. Ich sei Nomadin, deshalb würde ich, anders als sie, von Immobilien nichts verstehen.

Den Zirkuswagen findet sie unter ihrer Würde. Noblesse oblige – wenn schon irgendwo absteigen, dann in einem Grandhotel.

Um den Zirkuswagen ist ein bisschen Garten, da tobe ich mich aus. Die Natur beruhigt. Im Herbst buddele ich Tulpenzwiebeln ein. Zehn Stück furchtbar teure Exemplare. Dann kaufe ich für denselben Preis hundert Stück. Und nun, da sie blühen, stehe ich vor ihnen und kann nicht sagen, welche die teuren und welche die billigen waren. Sie sehen alle aus wie Tulpen, groß und bunt. Bald buddele ich sie wieder aus, damit die Wildschweine es nicht tun. So ist der Kreislauf.

»Ich bin ein Zen-Mönch, Tante«, sage ich am Telefon, »ich lebe mit der Natur.«

Sie kichert. »Dann bin ich der Dalai Lama, wenn deine Parzelle schon Natur ist.«

Vielleicht ist sie der echte Dalai Lama? Und der andere ist eine Kopie?

Alle sterben, nur die Tante nicht. Gott hat sie einfach vergessen. Mir ist es recht. Auch wenn wir nicht gerade tagespolitische Dinge besprechen, so haben wir uns immer viel zu erzählen.

Inzwischen muss ich dabei meist brüllen. Gott sei Dank habe ich in vier Jahren Schauspielschule das Stützen gelernt, also brülle ich:

»Fehlt dir der Hund?«

In Italien hatten wir immer Tiere. Viele Hunde. Aber auch Gänse und einen Esel. Mein Onkel, den ich Cika Giorgio nannte, so wie ich Teta Jele zu meiner Tante sage, war Geometer, Landvermesser. Cika Giorgio vermaß für die Versicherungen die Schäden, die der Hagel in den Reisfeldern hinterließ. Die Poebene ist ein einziges großes Reisfeld. Die Bauern dankten ihm, wenn er die Schäden großzügig vermaß. So kamen die Gänse ins Haus, und Francesco, der Esel. Er wohnte vorübergehend in der Garage, trank im Gästeklo der Anliegerwohnung und platzte feierlich nach einem Jahr, weil er einfach nicht aufhören konnte zu fressen. Er platzte nicht mit einem großen Knall, ganz leise lag er im Vorgarten, die Gedärme im Gras. Die Gänse aufgeregt schnatternd um ihn herum, Tante sprach ihm das Kaddisch und wir vergruben ihn in der nahen Kiesgrube.

Es gab auch einen schwarzen Riesenpudel namens Mišco. Miš heißt auf Kroatisch Maus – er sah rein gar nicht aus wie eine Maus. Er war groß, stolz, sehr stattlich und ziemlich witzig. Ihn hatte Tante vom Tierarzt geschenkt bekommen, der sie heimlich verehrte. Tante und Mišco waren sich ähnlich, sie mischten sich nicht unter das gemeine Hundevolk. Auf der Piazza Virgiliana, wo die Tante Mišco zum Spazieren und mich zum Spielen ausführte, blieben sie Beobachter, dezent am Rand des Geschehens. Ich tobte mit einer Horde von Gleichaltrigen, schrie um die Wette, schürfte mir regelmäßig die Knie auf. Tante saß auf der Parkbank, lächelnd, ungerührt, Mišco zu ihren Füßen.

Tantes Wohnung liegt mitten in der Altstadt von Mantua, im Palazzo Bonacolsi, direkt unter dem mittelalterlichen Hungerturm. Im Eingang des Gebäudes ist in die Mauer eine Marmortafel eingelassen, die Inschrift lautet:

Qui giace il piccolissimo Corsetto di capriccio ebbe il nome et ebbe il vanto d'aver di bella dama in morte il pianto.

– Hier ruht der kleine Corsetto, der aus einer Laune der schönen Edeldame zu seinem Namen kam und im Tod ihre Tränen genoss.

Auch der schwarze Riesenpudel Mišco starb im hohen Alter eines natürlichen Todes, beweint von einer der schönsten Damen Mantuas, meiner Tante. Später schrumpften Tantes Tiere. Kleine Zwergpudel, mehrere Yorkshire-Terrier. In den letzten Jahren nacheinander zwei weiße wunderschöne Bologneser-Weibchen. Sie sahen aus wie Wolken oder Wattebausche auf Beinen. Tante hielt sie immer fest an der Leine, im Park oder am See, aber dann ließ sie das erste Hündchen ausgerechnet an einer Kreuzung los. Das dumme Tier rannte auf die Straße und wurde von einem Auto überfahren. Mit dem Nachfolger-Hündchen passierte genau das Gleiche. Tante ließ es an derselben Kreuzung von der Leine und wieder ...

Sie war untröstlich, sehr einsam und bestand auf einem neuen Hund, neunundneunzig sei kein Alter. Sie sei, was Tierhaltung betreffe, ein Profi. Dennoch ließ sich kein

Züchter finden, der einer Neunundneunzigjährigen einen Hund verkaufte, sogar das Tierheim wollte einer Greisin kein Tier überlassen. Nicht mal einen dicken alten Kater durften wir mitnehmen. Tante glitt in die Depression.

Eine befreundere Ärztin fand bei einer Visite auf dem Land Lilly, einen Straßenköter, und brachte ihn der Tante mit. Als medizinische Maßnahme: Depressionsbehandlung. Ein Mischlingswelpe. Sehr süß, sehr lebendig und sehr schwer erziehbar. Tante war augenblicklich genesen, munter und zufrieden, aber auch sichtlich überfordert. Das Gästezimmer in ihrer Ferienwohnung am Gardasee war in Kürze vollgeschissen. Der Hund war unerzogen, aber klug, und machte sein Geschäft nur dort. Im letzten Sommer hatte daher die Hundeerziehung auf meiner Agenda gestanden. Nach drei Wochen Gardasee hatte ich das Tier sauber, das Gästezimmer auch. Und reiste ab.

Keine zwei Wochen später war die Tante mit dem oder über den Hund gestürzt und zunächst im Krankenhaus und dann in der Reha gelandet, der ein Pflegeheim angeschlossen war, in dem sie nun festsaß.

»Also, Zietta, fehlt dir der Hund?«, frage ich nochmals, während ich vor meinen Bundesgartenschau-Tulpen stehe.

»Es geht Lilly übrigens blendend. Sie ist ja bei diesem einsamen Freund von mir gelandet und beiden tut die Nähe des anderen gut.«

»Siehst du! So ist das mit Hunden. Und trotzdem. Nein, sie fehlt mir nicht«, antwortet sie.

»Das ist erstaunlich, Zia. Du wolltest denjenigen erschlagen, der dir deinen Hund wegnimmt. Weißt du noch, als ich Lilly mit nach Berlin nehmen wollte? Weil ich Angst hatte, dass du stürzt? Du hast geschrien, ich würde dich entmündigen. Und nun habe ich ein schlechtes Gewissen.«

»Brauchst du nicht. Ich bin selbst schuld. Lilly hat mir so gute Gesellschaft geleistet. Ich bin gefallen, weil mir schwindelig geworden ist. Alle hundert Jahre kann einem doch mal schwindelig werden, oder?«

»Wieso fehlt sie dir nicht?«

»Ich weiß nicht. Es war mir plötzlich zu viel. Immer rausmüssen. Ich wollte sie so gerne um mich haben, ich wollte es schaffen. Eben war ich noch gerannt, die Treppen rauf und runter, mehrmals täglich, doch plötzlich war ich alt, schwach. Das hätte ich nie von mir gedacht. Die Gesellschaft von Hunden ist die allerbeste. Die Menschen sind nicht gut. Jedenfalls nicht so gut wie Tiere. Warum holst du dir keinen Hund?«

»Ich reise zu viel, Tante. Was soll das arme Tier im ICE?«

»Schade. Ein Hund würde dir guttun, der würde dir zeigen, worum es im Leben geht. Fahr doch Automobil, das Tier sitzt hinten, ab und zu hältst du an und führst es Gassi, ihr bekommt beide frische Luft und ansonsten kannst du wie eine Wahnsinnige weiterarbeiten. Na, was meinst du?«

Tante war die erste Frau, die in Zagreb einen Führerschein gemacht hatte. Sie war privilegiert und fuhr die Limousine ihres Vaters durch die Stadt, vom Kaffeehaus zur Boutique und zurück. Kaum hatte ich den Führerschein, ließ sie auch mich fahren, saß entspannt neben mir, eine

Frau braucht einen Wagen, Schmuck, erlesene Kleidung und einen Hund. Ein Mann kam in ihrer Aufzählung nicht vor.

Wie viele Autos werde ich besessen haben, wenn ich sterbe? Wie viele Hunde?

Lassie und Fiamma hießen meine Hündinnen. Mit vier Jahren bekam ich Lassie und mit vierundzwanzig holte ich Fiamma zu mir. Sie waren mir Freundinnen in harten Zeiten.

Die Autos hatten keine Namen.

Mein erster Wagen in meiner Zeit als Schauspielstudentin in Berlin war ein schwerer Lada mit Türen wie Panzerschränke. Weinend bugsierte ich ihn die Kantstraße entlang, schwerfällig gehorchte er mir. Man lernt schnell in Berlin: Weinen nützt nichts, hupen gelegentlich, Gas geben und sich gegenseitig die Vorfahrt nehmen am meisten. Dem kantigen Lada folgte der abgelegte Austin Allegro meiner Tante, rund und sportlich, er mochte die Alpenhänge nicht. Am Brenner musste ich regelmäßig den ADAC verständigen. Dann der Franzose, ein Renault Rapid, für Tourneen mit meinem Solo-Theaterstück *Jonteff* ideal, ich konnte mit Hund und Mann drin schlafen. Als das Solo abgespielt war, gab auch der Lieferwagen seinen Geist auf. Der edle Mercedes meines Vaters, den ich nach seinem Tod erbte, schluckte dreizehn, vierzehn Liter, aber die Heizung funktionierte besser als in meiner Wohnung. Als meine Mutter drei Jahre später starb, wurde der Mercedes von ihrem Renault Clio (in der Sportwagen-Version) abgelöst, Rennfahrerhandschuhe inklusive. Mittlerweile fahre ich den Opel Agila meiner Tante, ein

Raumwunder. Sie hat den Wagen gefahren, bis sie vierundneunzig war, notfalls auch ohne Brille, wenn sie sie zu Hause vergaß. Sie hat sich und ihre Hunde darin unzählige Male von Mantua zum Gardasee und zurück transportiert, inklusive Möbel und Unmengen an Essen. Ich habe kein emotionales Verhältnis zu Automobilen, sie sind Transport- und Fortbewegungsmittel, aber sie gehören – mit ihren Stärken und Schwächen – zu bestimmten Epochen meines Lebens.

Als ich als Vierjährige nach Italien zur Tante kam, war ich verloren. So hätte ich es damals nicht formuliert, aber es war so. Mein Vater war in die Schweiz geflohen, nachdem seine geliebte Kommunistische Partei ihn nach einem Scheinprozess aus der Partei geworfen und dafür gesorgt hatte, dass er seinen Job als Leiter des Militärkrankenhauses verlor. Meine Tante und mein Onkel reisten an, und unter einer Wolldecke im Fond ihres Fiat 850 wurde ich über die Grenze nach Italien geschmuggelt. Man befürchtete weitere antisemitische Sanktionen.

Ich war noch klein, aber an die Nervosität der Erwachsenen kann ich mich gut erinnern. Über Nacht hatten wir die Grenze bei Triest passiert, jetzt war Tag und das Land war flach und trocken. Ich verstand kein Wort dieser neuen Sprache, Cika Giorgio und Teta Jele hatte ich ein paarmal in Zagreb gesehen, aber vertraut waren sie mir nicht. Mein Vater war jetzt Arzt in Zürich, meiner Mutter war der Pass entzogen worden, als Pfand musste sie in Zagreb ausharren. Es war unsicher, ob und wie sie würde ausreisen dürfen.

Es war verwirrend.

Immerhin sprach meine Tante »naše«, was »unser« heißt und für das Kroatische steht. Es war sehr heiß und viele Kinder spielten vor Tantes und Onkels Garten. Ich schaute ihnen zu, sie sprachen viel und schnell auf mich ein und lachten herzlich. Ich lachte zurück, zeigte ihnen meine Puppen, die wir anschließend stundenlang, stumm, an- und auszogen.

Dann kam mein Onkel eines Nachmittags vom Feldvermessen zurück und hatte Lassie, eine winzige Collie-Hundedame, im Korb. Der Name, den ich ihr gab, war nicht sonderlich einfallsreich. Aber sie war einfach ein Star! Sie war erhaben über Sprachbarrieren, verstand jedes meiner Worte. Konnte rennen und schleichen. Sie lächelte, wenn ich mich in ihr weiches Fell vergrub. Tante hat recht. Kein Mensch hat mich je so gut verstanden wie Lassie. Kein Mensch hätte mir die Ankunft in einem fremden Land so erleichtert wie sie.

Einmal hatten wir uns vom Ferienhaus in den Bergen entfernt. Ich war ungefähr sechs und Lassie zwei Jahre alt. Wir beobachteten Kühe an der Tränke, lachten sie aus. Sie hatten riesige Zungen und noch gewaltigere Euter. Ich schwöre, Lassie grinste am verwegensten. Dann rannten wir hinter diesem Raubvogel her, kletterten immer höher und höher hinauf, wir waren sehr eifrig, sehr konzentriert. Die Voralpen können ausgesprochen schroff sein, nur selten gibt es liebliche Wiesen. Als wir doch eine Lichtung fanden, machten wir Pause, ich pflückte Blumen, Lassie schlief. Das Gewitter kam plötzlich, typisch für die Berge. Ich hatte schreckliche Angst und den Weg nach Hause komplett vergessen. Lassie blieb stoisch. Sie rannte nicht los, passte sich stattdessen meinen kurzen, aufgeregten Schritten an. Sie hatte die Führung übernommen, ohne viel Aufhebens. Als wir zu Hause ankamen, war es schon lange dunkel, sie hatten uns überall gesucht. Tante sagte nichts, sie hatte geweint, Cika Giorgio klebte mir eine, dann wurde ich ins Bett gesteckt. Nur Lassie bekam etwas zu essen. Das war mehr als gerecht.

»Ich liebe Hunde!«, brülle ich nun durch das Telefon zur Tante, während ich mit einer riesigen Gießkanne die Tulpen gieße. Es regnet nur noch in Ausnahmefällen. Bald werden in Berlin Mandarinen wachsen. Ich könnte mir einen Olivenhain zulegen. »Ich hätte wirklich gerne einen Hund! Aber es ist schwer in Berlin. Die Stadt ist groß geworden, nervös, und es gibt schon so viele Hunde. Außerdem muss ich arbeiten ...«

»Deine Mutter und du, ihr hattet schon immer diese Arbeitsmanie. Glaubst du nicht, es geht auch um andere Dinge im Leben? Schau mich an. Ich bin zweimal am Tag mit dem Hund spazieren gegangen. Habe zweimal am Tag warm gegessen. Mittags immer Pasta. Auch ich habe viel gearbeitet. Aber nicht so uferlos wie deine Mutter. Na, sie ist ja auch nur achtzig geworden.«

»Die Pasta war's, Tante, ich weiß. Ein Leben lang mittags Pasta und man überlebt alles.«

»Mach dich lustig und beweise mir das Gegenteil!«

»Will ich doch gar nicht, Tantchen. Ich liebe Pasta und

ich liebe Hunde. Aber ob ich hundert werden möchte, kann ich dir nicht sagen. Eher nicht.«

»Das, meine Liebe, wirst ausnahmsweise mal nicht du entscheiden.«

»Wer weiß?«

»Fängst du schon wieder damit an? Sei nicht albern! Man heult einem Mann nicht hinterher. Schon gar nicht so lange. Lass dir das gesagt sein. Du bist kindisch. Lass uns von etwas anderem sprechen oder wir legen eine Patience. Ich hier, du dort. Das ist gescheiter, glaub mir. Hast du einen Tisch in deinem Wagon oder musst du die Karten auf deinen Knien balancieren?«

DIE NACHTSCHWESTER IST KRANK, Daniela musste einspringen. Eben hat sie kurz reingeschaut und mir versichert, dass sie lieber hier sei als zu Hause. Zu Hause sei es langweilig. Langweiliger als hier? »Du musst was ändern!«, habe ich ihr geraten.

Sie spielt Patience im Computer, das finde ich interessant. Allerdings würden mir der Spieltisch, der Geruch der Karten, der kleine Braune neben dem Blatt fehlen. Sie sitzt im Schwesternzimmer, ausnahmsweise nicht im Büro, und spielt, um wach zu bleiben, da sie auf uns aufpassen soll. Die meisten Nächte passiert ja auch nichts. Nicht dass wir immer schlafen würden. Jede und jeder starrt für sich an die Decke und wartet, dass der Morgen naht.

Meistens allerdings habe ich einen ausgesprochen guten Schlaf. Und wenn nicht, trinke ich einen Schluck Milch. Ich habe schon immer gut geschlafen. Das Nachdenken in der Nacht lohnt nicht, am Morgen sind die nächtlichen Gedanken komplett unbrauchbar.

Doch heute wälze ich mich hin und her, habe schon zweimal Milch von Daniela erbeten und trotzdem kann ich nicht einschlafen. »If my dog is happy, I am happy.« Das habe ich einmal auf einer Hundefutter-Packung gelesen. Wenn meine Nichte glücklich ist, bin ich es auch. Aber meiner Nichte geht es nicht gut. Ihr Mann hat sie von einem Tag auf den anderen verlassen, zwei Jahre ist das nun her, seitdem weint sie sich die Augen aus dem Kopf und begreift nicht, dass es überhaupt nichts mit ihr zu tun hat. Der Mann ist schwach und die Midlife-Krise stark. So einfach ist das.

Sie findet sich jetzt alt, anstrengend und meint, an allem schuld zu sein. Seit zwei Jahren führen wir fast wortwörtlich das gleiche Gespräch, immer und immer wieder. Kaum glaube ich, sie hat sich etwas gefangen, beginnt sie von vorne: Sie sei zu anstrengend, zu alt, an allem schuld. Es ist zum Haareraufen.

Wenn meine Augen nicht so schlecht wären, würde ich jetzt eine Patience für sie legen. Aber mitten in der Nacht lassen sie mich ungern das große Licht anmachen. Ich werde mir am Morgen den Tisch ans Fenster stellen lassen und die Karten befragen. Wann wird sich die Kleine endlich beruhigen?

Ich habe immer Patiencen gelegt, schon als ich ein junges Mädchen war. Meine Mutter hat es mir beigebracht. Ich habe es Adriana gelehrt. Es ist eine bourgeoise Form der Meditation. In meinem Elternhaus in Zagreb wurden auch immer Patiencen gelegt. An verregneten Nachmittagen und wenn Gäste kamen. Ich sehe es ganz deutlich vor mir.

Die Frauen sitzen im Twinset im Wohnzimmer, legen Karten und hören zu, wie die Männer über Antisemitismus diskutieren. Ist er jetzt schlimmer als letztes Jahr, wird es noch richtig schlimm werden? Man befragt die Karten. Ob man heil rauskommen wird? Die Karten bleiben im Ungefähren. Jetzt weiß ich, warum. Wir sind rausgekommen, aber es war schrecklich.

Es ist verrückt, wie lebendig meine Erinnerungen sind. Als würde alles noch einmal passieren.

Mein Vater raucht Zigarre, Onkel Marco steht daneben und bittet um Geld, es geht um große Summen. Das Glasgeschäft *Velika staklana* in Bjelovar, unweit von Zagreb, läuft nicht so gut, wie es sollte. Mein Vater Sigismund findet, dass sein Bruder alles falsch macht. Er, der mit harter Hand regiert, hat inzwischen eine prosperierende Glasmanufaktur in Zagreb. Man exportiert in das große k. u. k. Reich, nach Wien, Prag und Budapest.

»Was ist so schwer am Geschäftemachen?«, fragt er seinen Bruder aggressiv. »Als wir in Bjelovar angefangen haben, war alles wunderbar. Was machst du falsch?« Onkel Marco pafft blass an seiner Zigarre, bringt das Gespräch auf die Ustascha, die neuen kroatischen Rechten. Dann sind beide ratlos und meine Mutter Hermine serviert den Tee.

Mein Vater ist herzkrank. »Die Nazis werden ihn ins Grab bringen«, sagt meine Mutter immer wieder. Man muss für diese Prophezeiung keine Hellseherin sein, wir ahnen es alle zu dem Zeitpunkt, aber wir wollen es nicht aussprechen. Und den Karten wollen wir nicht glauben. Wozu legen wir sie dann?

Als die Nazis in sein Geschäft stürmen, gegen die Regale schlagen und sich das Porzellan zuwerfen, bleibt sein Herz dann doch stehen. So rennen wir am 22. Juni 1941 hinter dem Leichenwagen, in dem mein Vater liegt, her.

Wir haben unser Automobil abgeben müssen, die Rassengesetze verbieten Juden den Autobesitz. Straßenbahnen und Taxis sind für Juden ebenfalls verboten. Die Glasmanufaktur ist schon in die Hände der Deutschen geraten. So endet die Geschichte von Sigismund Fuhrmann, meinem cholerischen, herzkranken Vater. Arglos hat er auf die deutschen Soldaten gewartet, deutsch, wie er selbst war. »Die Deutschen werden uns nichts tun, wir sind doch Deutsche, meine liebe Jelka!«, war sein optimistisches Mantra. »Zagreb wie auch Prag gehören zum alten k. u. k. Reich, praktisch zu Wien. Deine Großmutter wohnt sehr bequem in der Servitengasse. Es wird alles gut gehen.«

Er war ein alter, altmodischer Herr. »Was sollen sie uns schon tun? Nur die kroatischen Faschisten verfolgen die Juden.« Ein Irrtum. Eine miese, miese Geschichte ist das.

Ich hatte einmal ein ganz verrücktes Blatt. Ich spielte Solitaire, erinnere mich noch wie heute. Fritz Epstein würde nach Australien gehen und ich ins KZ, besagte das Blatt. Es gibt natürlich keine Spielkarte für Lager, aber eine, die daran erinnert, gibt es schon. War es die Kreuz neun oder die Kreuz zehn?

Ich klaubte damals schnell die Karten zusammen, mischte und legte neu. Aber genauso ist es gekommen. Fritz Epstein hatte meinen Vater gefragt, ob ich mit ihm nach Australien gehen dürfe. Wir waren sehr verliebt. Das war 1938, im Herbst. Er kam aus Deutschland und wusste, was uns erwarten würde. Mein Vater wollte ihm nicht glauben, außerdem brauchte er mich an der Kasse. Also hat er den Jungen fortgeschickt und ich habe lange geweint und weiterkassiert. Porzellan, Glas, Soda.

Fritz ist schon lange tot. Alle sind schon tot. Aber um den Fritz tut es mir besonders leid. Weil, das spürt man doch, wenn die große Liebe vorbeikommt. Ich jedenfalls.

Er war ein hübscher, sehr blonder Junge. Fast schüchtern, und ernst. Ganz anders als meine fröhlichen, lauten, jüdischen Freunde. Wahrscheinlich hatte er in Hamburg schon einiges gesehen und erlebt, was wir in Split oder Zagreb noch für ausgeschlossen hielten.

Man hatte ihn in der jüdischen Gemeinde untergebracht, er reiste allein ohne seine Familie, obwohl er erst zwanzig war. Wir, die Jugendlichen, sollten uns um ihn kümmern, bis er sein Ausreisevisum bekommen würde.

Er hat mich nach dem Krieg noch einmal besucht, das muss Ende der sechziger Jahre gewesen sein. Er war Zahnarzt geworden, war ein bisschen blass, hatte eine australische Frau gefunden, die er aber nicht wirklich liebte. So sagte er zumindest. In Europa war er angeblich wegen eines Zahnärzte-Kongresses. Ich erzählte von meinem Giorgio und dass er nicht der Mann meiner Träume war.

Wir hatten uns in Venedig verabredet. Ich hatte eine fadenscheinige Ausrede für Giorgio erfunden, warum ich Mitte Januar dorthin musste. Es war Hochwasser, acqua alta. Ich hatte mich hübsch gemacht, überhaupt nicht wettergerecht, trug einen Plisseerock und eine farblich passende Seidenbluse. Meine Schuhe und mein Mantel waren sofort pitschnass. So balancierte ich auf den Brettern über die Piazza San Marco Richtung Giardini. Der Wind war enorm. Beinahe hätte ich Fritz nicht erkannt, als er mir entgegentrat. Er war durchnässt und sehr hager, scherzte, dass ihm das Känguru-Fleisch nicht schmecke. Wir liefen eine ganze Weile über unzählige Brücken, vergaßen vollkommen das Wetter. Als wäre die Zeit zurückgedreht worden und wir wieder unsagbar jung an der Promenade in Split. Man wird nur äußerlich alt, die Seele bleibt ewig achtzehn. Bis zum Abend saßen wir in einem kleinen Café, hörten nicht auf zu reden. Sie war noch immer da, diese Anziehung. Nach so vielen Jahren.

Er hatte zwei Söhne, eine zänkische Frau, ich lebte kinderlos mit einem blassen Norditaliener. So zieht man das Fazit und ändern tut es doch nichts. Es war schon sehr spät, als jeder in seinen Zug stieg. Ich nach Mantua, er nach Milano zu seinem Kongress, jeder fuhr zurück in sein Leben. Nicht einmal die Nacht sind wir zusammengeblieben.

Die Karten hatten uns gewarnt ... Ach, das sagt sich so leicht. Wer tut wirklich, was in den Karten steht?

Ich träume lieber von besseren oder wenigstens von anderen Zeiten. *Das Leben ein Traum* – so heißt ein Theaterstück. *Und der Mensch, das seh ich nun, träumt sein ganzes Sein und Tun.* Geträumt habe ich wenig, aber viel über die Liebe nachgedacht. *Leicht entfliegt ja die Erinnerung, ist die Lieb einmal entflogen.*

Heute bin ich sehr poetisch. Alles entfliegt mir, nur nicht die Erinnerung.

Ich habe immer den Männern gefallen. Auch Frauen mögen mich. Ich allerdings mag eindeutig lieber Männer, sie sind weniger kompliziert.

Meine Nichte widerspricht mir. Sie hat schlechte Erfahrungen mit ihrem Mann gemacht. Das rechnet sie hoch und bezieht es auf alle. Albern ist das; als würde man sagen, mein Fiat ist stehen geblieben, also ist Italien ein marodes

Land. Italien ist ein marodes Land, aber das hat nichts mit dem Fiat zu tun.

»Signora Fuhrmann, ancora un pò di latte? Un sonnifero?«

»No Daniela, ma neanche per sogno! Nein, nein, ich nehme keine Schlaftabletten. Hattest du ein gutes Blatt in deinem Computer, Daniela, meine Liebe? Glück, Geld? Amore?«

Sie schüttelt den Kopf. »Noch ein bisschen Milch, Jelka?«

Wahrscheinlich hätte Daniela gerne ihre Ruhe, sie ist bestimmt müder als ich.

»Grazie, meine Liebe.«

Meine Schwester konnte ohne Schlaftabletten nicht schlafen und hatte davon ständig Albträume. Wozu dann überhaupt schlafen?

Im Kontor meines Vaters saß ich an der Kasse. Von ihm habe ich das geschäftstüchtige Gen geerbt. Die Leute kauften wie verrückt bei mir. Ich war sehr hübsch und sprachbegabt, halb Europa hat bei uns bestellt. Kristallgläser, Porzellangeschirr, Haushaltswaren, Sodawasser. Und eben dort ist auch Fritz Epstein vorbeigekommen und hat meinen Vater gefragt, ob ich mit ihm nach Australien ausreisen darf … Aber mein Vater hat … Habe ich das schon erzählt? Ja?

Daniela gibt mir das Glas Milch und verzieht sich. Es ist so dunkel draußen, noch lange nicht Morgen. Sieh mal einer an. Ich wiederhole mich, nun werde ich doch alt. Ich habe die Geschichte so oft erzählt, am häufigsten mir selbst.

Wenn man es noch einmal von vorne anfangen könnte, das Leben. *Ein Jüngling liebt ein Mädchen ...* ein altes Gedicht. Ich würde so vieles anders machen. Ach, aber vielleicht auch nicht.

Ich verliere mich schon wieder in Gedanken. Was ist das für eine Manie mit dem Verlieren, G'tt, sagst du es mir? Du, der du alles so fein säuberlich versteckst. Was machst du mit meinen Gedanken? Warum versteckst du sie? Wozu brauchst du sie? Hast du keine eigenen? Ich weiß gar nicht, warum ich überhaupt noch zu dir bete. Du bist unzuverlässig und abwesend. Und wenn du da bist, bist du ungerecht. Soll ich dir aufzählen, welche Katastrophen du zu verantworten hast? Die Menschen sind schuld? So redest du dich heraus! Hungersnöte, Kriege, Seuchen, jetzt diese Malattia, die mir den hundertsten Geburtstag verdirbt. Du bist ein Sadist. Und dir, gerade dir soll ich dankbar sein?

Du bist ein alter unfähiger jüdischer G'tt. Ja, das bist du! Wenn ich mich nicht schon so lange ans Beten gewöhnt hätte, würde ich es sofort lassen.

Adriana hat mir neulich diesen Witz erzählt, der wirklich zu dir passt:

Moishe und Aaron erzählen sich einen Witz über Auschwitz. Sie lachen wie irre. G'tt kommt dazu und sagt:

»Wie könnt ihr Witze machen über Auschwitz?«

»Das verstehst du nicht«, antworten ihm die beiden, »du warst ja nicht da!«

HEUTE HABE ICH MICH WIEDER zum Patience-Legen mit der Tante verabredet, am Telefon. Ich liebe es, Patiencen zu legen. Es beruhigt ungemein, außerdem glaube ich an das Glück, das jeden Moment durch die Türe gefegt kommen kann. Und an den Blitz, der einschlägt, weil man Pech hat.

Manchmal geben einem die Karten ein Zeichen, bevor so etwas passiert, ändern lässt sich dadurch nicht viel, aber besser hinnehmen vielleicht?

»Sag, Shmuel, du gehst zum Psychiater?«

»Ja.«

»Und pischt du trotzdem noch ein?«

»Ja, Mottek, aber es macht mir nichts mehr aus!«

Dieses Karten-Set habe ich schon ewig. Briscola spielen habe ich damit gelernt. Der wichtigste Zeitvertreib in Norditalien. Ich war fünf, da hat es mir die Tante beigebracht. Wir spielten es im Ferienhaus, in den Bergen bei Kerzenlicht, wir spielten so lange, bis ich gewann, dann war sich Tante sicher, dass ich die Regeln begriffen hatte. Neben guten Tischmanieren und Schwimmen sind Spielkarten das richtige Rüstzeug für ein Leben als Snob. Ich bin allerdings auch abergläubisch, nicht so sehr, wenn schwarze Katzen die Straße kreuzen oder Bühnenmeister auf der Bühne pfeifen. Aber ich habe einen altmodischen Charakter, bin sentimentaler als die Tante, und das will etwas heißen.

Liebe Karten, soll ich mir wieder einen Hund holen?

Mein letzter Hund war eine Hündin und aus der Schweiz. Fiamma war bildhübsch, gut zu Fuß und sehr empathisch. Sie hatte den Berner Sennenhund in sich, nur gab es in Berlin wenig Schafe, also jagte sie Wildschweine und Kaninchen. Das war gefährlich, für uns alle.

Mišco, Lassie, Fiamma. Drei Hunde, sechs Autos, zwei Söhne, eine Ehe, die nach dreißig Jahren von heute auf morgen endete, das ist meine bisherige Lebensbilanz. Ist das gut oder schlecht? Oder ist es schlichtweg banaler Durchschnitt?

»Liebe Karten, wie geht's weiter?«, frage ich.

»Herz-Bube! Sag ich doch! Alles wird gut!«, ruft die Tante durchs Telefon.

Sie hat sich einen Tisch zum Fenster schieben lassen und gleichzeitig mit mir die Karten gelegt. Schnell hat sie die frohe Botschaft verkündet und noch schneller wieder aufgelegt, um allein weiterzuspielen. Sie hat eindeutig das bessere Blatt.

Ich habe nicht einmal eine vollständige Straße. Ich habe das Unglück gepachtet. Meine Therapeutin Frau Dr. Luise würde jetzt sagen: »Sie haben einen Hang zum Drama. Warum brauchen Sie immer eine Inszenierung? Es ist ein Kartenspiel, Frau Altaras. Ein einfaches Kartenspiel, aus dem Sie eine Schmonzette machen. Die Realität ist keine Operette, verstehen Sie das?«

Ich glaube nicht, dass ich das verstehe, denn das Leben schreibt die überzeugendsten Libretti. Das Leben ist oft mehr Operette, als man glaubt. Und überhaupt, liebe Frau Dr. Luise, in Operetten und Opern singen die Menschen nicht aus Spaß. Oh nein, sie singen, weil sie nicht anders können. Sie würden platzen, wenn sie nicht singen könnten. Sie singen, weil sie so extrem fühlen. Könnte ich so singen, würde ich es tun, den lieben langen Tag. Musik ist absolut. Ich verehre Beethoven, der von einem Extrem zum anderen wechselte. Und das, obwohl er taub war. Was wäre gewesen, hätte er hören können?

Frau Dr. Luise hat eindeutig keinen altmodischen Charakter, sie mag Luigi Nono lieber als Beethoven und von Operetten hält sie nicht viel. Ist ihr Leben deshalb weniger dramatisch?

Wo sind eigentlich alle Asse hin? Hat sie jemand aussortiert? Abgekauft? Ich möchte ein Herz-Ass legen und einen Herz-Buben. Ja, ich bin schrecklich rührselig und habe Liebeskummer. Deshalb brauche ich den Herz-Buben momentan mehr als die Milch im Kaffee.

Wenn ich mit der Tante über Männer spreche, sagt sie irgendwann zuverlässig:

»Eine Frau, die nur Männern gefällt, ist billig. Eine Frau, die nur Frauen gefällt, ist langweilig. Eine Frau aber, die beide Geschlechter verzaubern kann, hat Charme.«

So. Was fange ich mit dieser These an? Ich weiß, ich habe Charme, ich weiß, ich kann sehr langweilig sein, aber ich würde gerade meinen Führerschein dafür hergeben, billig zu sein.

Männer en gros und im Detail. Das wär's jetzt. Das kann ich natürlich der Tante nicht sagen. Sie wäre empört.

Tante ist praktisch direkt dem englischen Königshaus entlaufen. Sie trägt Cashmere und Schottenröcke, lächelt, auch wenn um sie herum die Erde tobt, und sitzt stets so aufrecht, als hätte sie einen Zollstock verschluckt. Als ich klein war, legte sie besonderen Wert auf Tischmanieren. »So, Adriana, führt die Queen den Löffel zum Mund. Sie sitzt kerzengerade und der Löffel nähert sich dem Kopf und nicht umgekehrt!«

Sie ist keine Monarchin, sie ist nur in der Habsburger Zeit groß geworden. Ein eiserner Wille, Selbstdisziplin, gepaart mit einer stoischen Haltung und Grandezza, haben sie neunundneunzig werden lassen. Ich bin neben ihr ein Weichei. Damals war die Erziehung eben eine andere.

Wenn ich es recht bedenke, gefiel Tante den Männern sehr. Tante hatte sogar einen Liebhaber! So sieht's aus. Auch meine Mutter hatte einen Liebhaber. Sollte ich verklemmter sein als meine Mutter und meine alte Tante? Wozu habe ich Frauenrecht im Abitur gehabt und Alice Schwarzer gelesen, wozu gab es überhaupt die sexuelle Revolution, wenn ich jetzt Patience-Karten brauche, um mich zu emanzipieren? Ich mische neu. Neues Blatt, neues Glück. Die Karten sind geduldig.

Tante hatte einen Liebhaber in Zagreb. Das habe ich mit Mühe aus ihr herausgequetscht. Es war kurz nach dem Krieg und sie war so allein in Italien, so unglücklich mit ihrem langweiligen Giorgio. Sagt sie.

Dreimal im Jahr fuhr die Tante nach Zagreb und brachte Mutter und Schwester Lebensmittel und Kleidung, denn der Sozialismus hatte – laut Tante – für die profanen Dinge im Leben keinen Platz. Meine Großmutter freute sich über die Pakete. Meine Mutter nahm die Geschenke entgegen, ließ sich aber mit ihrer kapitalistischen Schwester nicht zusammen auf der Straße blicken, denn sie war mittlerweile glühende Kommunistin und mischte beim Wiederaufbau Kroatiens an vorderster Front mit. Kamen ihnen Genossen entgegen, wechselte sie die Straßenseite und behauptete, die schöne Frau mit dem großen Hut nicht zu kennen.

Also suchte sich meine Tante während ihrer Zagreb-Aufenthalte eine andere Gesellschaft. Ihre Cousine Mila stellte ihr Vladko vor und die Tante verbrachte die Nachmittage im Kaffeehaus oder sonst wo, während meine Mutter im Zentralkomitee diskutierte.

Vladko war Hautarzt, und Tante hatte plötzlich eine Gürtelrose. Vom Krieg und von der fremden neuen Heimat, vielleicht auch von der vielen Pasta. »Die Haut ist der Spiegel der Seele«, sagte Vladko und verschrieb der Tante eine Mittelmeerkur mit sehr viel frischem Fisch. Hvar, Brac, Vis. Ihre Fortschritte musste er natürlich persönlich überprüfen. Außerdem hatte er eine Art Nivea für den Balkan erfunden und diese Creme wirkte Wunder. Tante ging es besser, aber nie gut genug, sodass sie immer wieder mit Vladko ans Meer musste. Die Arme.

ADRIANA WILL STÄNDIG irgendetwas wissen. Bei ihrem letzten Besuch hier im Heim – wie lange ist das eigentlich her? – wollte sie irgendwelche Schlüssel. Es gab ein Problem mit meiner Wohnung. Woher soll ich wissen, wo die sind? Gestohlen werden sie sein, wie alles andere auch. Ich habe nicht mehr viel Zeit, soll ich da über Schlüssel nachdenken?

Sie sagte, die Tauben würden vor die leer stehende Wohnung kacken, alles sei vollgeschissen, die Nachbarn stünden Kopf, so was zieme sich nicht für den Palazzo der Bonacolsi. Angeblich haben sie irgendwo Eier gelegt, womöglich in meiner Wohnung, und vermehren sich in aller Ruhe, weil niemand sie mehr stört. Wenn ich ehrlich bin, mich haben sie nie gestört. Sie gehören zu den Bonacolsi wie ich, wie meine Wohnung.

Von 1272 bis 1328 konnten sich die Bonacolsi halten. Dann wurde Rinaldo Bonacolsi von Luigi Gonzaga gestürzt und sein außerordentlicher Palazzo kam in die Hände der neuen Machthaber. Die Gonzaga blieben vierhundert Jahre an der Macht, sie ließen sich von Andrea Mantegna porträtieren, als Gruppenbild. Die adligen Bonacolsi wurden von den adligen Gonzaga vertrieben und die armen Tauben werden von meiner hysterischen Nichte getötet werden, jede Wette.

Lasst mich hier raus und ich kümmere mich um alle Schlüssel und alle Vögel! Wenn ich damit anfange, dass ich rauswill, ist gleich große Oper. Das geht nicht, sagt Adriana. Es sei draußen alles anders, das könne ich mir nicht vorstellen. Die Welt sei nicht mehr dieselbe. Ich würde mich anstecken und sterben.

Und wenn schon?

Es ist ein schönes Heim, die Ärzte sind freundlich, die Pflegerinnen lustig, Daniela ein Schatz, aber ich will nach Hause, was ist daran nicht zu verstehen?

In wenigen Wochen werde ich wirklich hundert. Kaum zu glauben, ich bin immer noch nicht tot!

Im Lager haben wir jeden Tag gedacht, wir sterben gleich. Es sind ja auch viele gestorben. Wie die Fliegen. An Hunger oder Krankheiten oder nach der Befreiung an den Folgen des Lagers oder am Schmerz. Haben sich das Leben genommen, weil nichts mehr so war wie zuvor. Ich frage mich immer wieder, wie ich das alles überlebt habe, wie ich überhaupt weitergelebt habe. An manchen Tagen denke ich darüber nach, wie mein Leben war. Es war eben so. Natürlich hätte es anders und besser laufen können. Viel besser. Aber das ist es nicht, und das bekümmert mich nicht. Jetzt nicht mehr.

Früher habe ich mich sehr gegrämt. Warum mussten die Ustascha kommen? Warum hat man uns Juden so verfolgt? Warum hat man so viele von uns umgebracht? Warum konnte ich mein schönes, sicheres Leben in Zagreb nicht weiterführen? Warum ich? Warum Italien? Warum? Warum? Vielleicht bin ich überhaupt so alt geworden, um mich nicht mehr zu fragen, warum.

Ich habe mich wirklich lange gegrämt. Warum ist der

Krieg über uns hereingebrochen? Warum konnte ich nicht studieren, eine jüdische Familie gründen, Kinder großziehen, in den heißen Sommern an die kroatische Küste reisen, mein schönes kaiserlich-königliches Leben weiterführen? Warum mussten wir ins Lager? Warum hat man uns auslöschen wollen? Mich auslöschen wollen? Ich war doch nur ein junges Mädchen.

Warum hat man meine Familie zerstört, die Cousinen umgebracht, die Großeltern aus Wien getötet?

Ich kann nicht an Wien denken, ohne sie alle vor Augen zu haben. Die vielen Toten. Nur eine Handvoll von uns hat überlebt. Meine Mutter, meine Schwester, ich, ein paar Cousins und Cousinen. Zwei leben inzwischen in Sidney. Nun, lebten. Sie sind keine neunundneunzig geworden wie ich ...

Ich höre so einiges von deutschen Familien mit vielen Nachkommen. Sie feiern gewaltige Feste, monströse Jubiläen, Bankette zu Hunderten. Wir sind nur noch zu viert. Meine Nichte und ihre zwei Söhne. Wir passen in einen Fiat 500.

Nach dem Krieg konnte ich nicht aufhören, mich über mein italienisches Schicksal zu beklagen. Giorgio hatte mich zwar aus dem Lager gerettet, aber er war so gar nicht mein Typ. Blass, humorlos und unsportlich. Gelegentlich jähzornig und schnell vom Leben überfordert. Seine Mutter, die mit im Haus lebte, war der Inbegriff einer kleinlichen Schwiegermutter. Und damit nicht genug: Valeria, ihre Schwester, war geistig behindert und nähte tagein, tagaus Topflappen. Nachdem meine Schwiegermutter gestorben war, pflegte ich auch diese alte kranke Frau, die von sich sagte, sie sei vielleicht verrückt, aber dumm sei sie nicht! Ich pflegte sie jahrzehntelang. Viel später fehlten mir ihre Topflappen und ich fing an, selbst welche zu nähen. Ich bin die Verrückte. Oder ist das Leben verrückt?

Auch Adriana liebt diese Topflappen inzwischen, weil sie schrecklich praktisch sind.

Ich erinnere mich, wie diese alten Frauen mir aus ihren Sesseln heraus dabei zusahen, wie ich schuftete. Nichts passte Anita. Nicht mein Kochen, nicht meine Büroarbeit. Sie wollte eine brave katholische Schwiegertochter und hatte eine großbürgerliche Jüdin bekommen. Auch für sie war es nicht leicht.

Ich war sehr schön. Vor dem Krieg war ich eine Schönheit. Das ist keine Angeberei, sondern eine Tatsache. Ich hatte Verehrer und Bewunderer, war aber scheu, weil zu gut erzogen.

Viel ausprobieren konnte ich nicht, mein Vater war herzkrank und wir schlichen auf Samtpfoten durchs Haus, es gab nie Besuch, dann kam auch schon die Machtübernahme und es ging ums Flüchten, Verstecken und Überleben statt um Lippenstift. Jeder Lippenstift, den ich mir nach dem Krieg kaufte, stand für einen verlorenen Tag. Ich hatte unzählige Lippenstifte, von Chanel, Dior und Guerlain.

Im September 1943 entschlossen sich die Italiener zu einem separaten Waffenstillstand. So wurde es genannt. Tutti a casa! Alle nach Hause, vor allem weg von den Deutschen. Der König war geflohen, im Süden waren die Alliierten gelandet, die Deutschen versuchten in Windeseile, das Land zu besetzen. Die jungen Männer, also die italienischen Soldaten, hatten die Wahl, sich entweder den Partisanen anzuschließen oder sich zu verstecken. Ansonsten wurden sie entweder von den italienischen Faschisten aus der Repubblica di Salò, die unter deutscher Protektion stand, rekrutiert oder mussten, wollten sie nicht in deutsche Strafgefangenen-Lager kommen, fortan bei den Deutschen weiter mitkämpfen. Italien war komplett gespalten, zwischen den Aliierten im Süden und den Deutschen im Norden, und die jungen Männer kopflos. Man war dem Bürgerkrieg nahe. Zu diesem Zeitpunkt waren meine Schwester, meine Mutter und ich im KZ Rab interniert, das von Italienern bewacht wurde. Und plötzlich hieß es: Ihr könnt raus, habt zwei Tage Zeit zu fliehen, dann sind die Deutschen da. Meine Schwester und meine Mutter flohen zu den Alliierten nach Süditalien, dort schloss sich meine Schwester den Partisanen an.

Partisanen? Das war für mich undenkbar.

Giorgio war Soldat im Lager Rab, er sagte, er würde mich mitnehmen, nach Norditalien.

Sogar meine Freundin Heli nahmen wir mit. Auf einer Barkasse sind wir geflohen, weg von den Partisanen, vor den anrückenden Deutschen, nach Norditalien, zu Giorgios Familie.

Über ein Jahr hockte ich dort auf dem Dachboden und wusste nicht, ob meine Schwester und meine Mutter noch lebten. Ich sorgte mich schrecklich, malte mir aus, wie sie gestorben waren und dass ich allein war auf der Welt.

Ich verbrachte die Tage in einer Art Hausarrest, als

»Cousine aus Bergamo«, die Nachbarn schluckten es mehr oder weniger. Die Einsamkeit lähmte mich, aber alles war besser als das Lager. Ich las italienische Bücher und irgendwann konnte ich die Sprache perfekt. Italienisch ist eine schöne Sprache, offen und fröhlich. Aber der Krieg dauerte und dauerte.

Wenn deutsche Soldaten im Hof waren, rannte ich auf den Dachboden. Ich hielt die Luft an. Sie sprachen mit meinem Schwiegervater Giuseppe, laut und aggressiv. Warten. Warten. Bis Giuseppe kam und mich wieder runterholte. Ein feiner Mensch. Giorgio galt als fahnenflüchtig, wie alle italienischen Soldaten, die die Koalition mit den Deutschen aufgekündigt hatten. Auch er musste aufpassen. Zu den Partisanen wollte er auf keinen Fall und seinen älteren Bruder hatten die Deutschen schon in ein Strafgefangenenlager nach Deutschland verschleppt. Die Nachbarn deckten ihn, manche voller Verachtung, aber sie taten ihm nichts. Wer weiß, warum? Die Zeit der Denunziation war wohl vorbei.

Und dann, als der Krieg endlich vorbei war, hing ich fest in diesem Norditalien. Eine brave Ehefrau in einem kleinbürgerlichen Haus mit einem langweiligen Ehemann. Ich passte so gar nicht dorthin.

Ein Freund der Familie aus Zagreb besuchte mich. Woher er bloß wusste, wo ich untergekommen war? Ich weiß es nicht mehr. Er erklärte mir, all unsere Verwandten seien tot, auch meine Schwester und Mutter, damit müsse ich fertigwerden. Dann reiste er weiter. Ich habe mir nächtelang die Augen aus dem Kopf geweint. Ein Idiot. Ich glaube, es war das Rote Kreuz, das mich ausfindig machte und mir einen Brief aus Zagreb zustellte. Meine Mutter und meine Schwester lebten, ich wurde fast ohnmächtig.

Ich habe alles zusammengeklaubt, was ich finden konnte, Essen, Kleidung, warme Sachen, Schuhe, und bin los, nach Triest und über die Grenze. Ich musste so oft den Zug wechseln, die Gleise waren noch kaputt, wenn ich gelaufen wäre, wär's vermutlich schneller gegangen. In der Handtasche lag mein italienischer Pass, den hatte ich nach der Hochzeit bekommen. Ich war jetzt Italienerin. Zwar war ich in Jugoslawien geboren und groß geworden, aber mit diesen Menschen wollte ich nie, nie mehr etwas zu tun haben. Mit den kroatischen Faschisten, die uns aus dem Haus jagten, lachend den Hund erschossen, bevor sie sich ans Plündern machten.

Ich hasse sie bis heute abgrundtief. Jahre später sah ich sie durch Zagreb spazieren, sie taten so, als wäre nichts. Da war diese Frau in der Oper, das Opernhaus in Zagreb gleicht dem in Wien, ein Juwel. *Tosca* wurde gespielt. In der Pause stand sie draußen und rauchte, sie trug mein schönes Amulett, ich habe es sofort erkannt. Es fiel mir nicht leicht, aber ich ging auf sie zu und sagte: »Das ist meins«, und sie lachte laut auf. Vladko war dabei, er stellte sich drohend vor dieses Biest. Ohne mit der Wimper zu zucken, nahm sie die Kette von ihrem Hals und drückte sie ihm in die Hand. Innen war noch das Foto von Fritz. Die dumme Pute hatte das Amulett nicht aufbekommen.

Man könnte schreien. Wo ist das Amulett eigentlich hin? Ich werde die Schwester bitten, Adriana anzurufen, sie muss es wissen.

»Schwester, posso chiamare mia nipote Adriana? Sie

haben keine Zeit? Hm. Ist Daniela da? Ah, bene, Daniela, possiamo telefonare in Germania? 0049 30 …«

»Sie können ja die Nummer Ihrer Nichte auswendig! Sie sind ein Phänomen, cara amica Fuhrmann, sei un fenomeno! Pronto qua il telefono!«

»Bist du es, Naniza? Ich kann dich nicht hören! Non ti sento! Pronto? Pronto?«

»Ja, Tante, ich bin es. Ist etwas passiert?«

»Nein, ja, ich suche mein Amulett, es ist weg, weißt du, das mit Fritz drin, das blaue, golden verziert, mit den kleinen Perlen?«

»Brauchst du es jetzt? Ich glaube, es ist bei mir in Berlin in der Bank im Tresor, ich werde gleich morgen nachsehen, versprochen. Geht es dir wirklich gut?«

»Gut, gut. Hoffentlich haben sie es nicht gestohlen. Und kannst du mir bitte etwas schicken? Mein Lippenstift ist mir ausgegangen, ich fühle mich arg schlecht ohne ihn.«

»Aber natürlich, ich fahre morgen gleich ins KaDeWe. Welchen willst du? Guerlain? Chanel? Oder Dior? In ein paar Tagen hast du ihn und das Amulett. Per Post. Versprochen … Wenn's nur das ist!«

Wie spät ist es?

Es ist drei Uhr zwanzig. Ich habe einen Liter Milch intus und bin kein bisschen müde. Mist. Morgen werde ich aussehen wie der Leibhaftige. Ich muss vor der Probe zur Bank und nach der Probe ins KaDeWe. Amulett, Lippenstift.

Werde ich, wenn ich alt bin, meine Tage ebenfalls damit verbringen, alles zu verlieren, um gleich danach alles wieder zu suchen? Die Nachbarn und Passanten beschuldigen, sie hätten mir mein Hab und Gut gestohlen, nur weil ich es nicht mehr finden kann? Wenn ich jetzt alles aufräumen und ausmisten würde, könnte ich im Alter nichts mehr verlieren. Ein Jour fixe wäre ratsam, jeden Montag von acht bis zehn Uhr wird aussortiert, bis nichts mehr da ist.

Wenn ich an meinen vollgestopften Keller denke, wird mir schwindelig. Immerhin habe ich keinen Dachboden.

Tante hatte einen Dachboden und einen Keller. Im Keller hatte mein Onkel eine Modell-Eisenbahnwelt aufgebaut. Sie war auf einer gewaltigen Holzplatte montiert und wurde je nach Bedarf an einer Kette unter die Decke hochgezogen oder runtergelassen. Es gab Dörfer und Seen und viele kleine Menschen, an denen der Zug vorbeifuhr. Cika Giorgio verbrachte ganze Tage mit seiner Bahn, versonnen wie sonst nie. Tante verachtete ihn dafür, und an den Tagen, an denen er besonders hingebungsvoll spielte, kochte sie extra schlecht.

Als er starb, bat mich die Tante, alles zu verkaufen, viele

erwachsene Männer mit vernünftigen Berufen rissen sich um Speisewagen und Lok. Solange mein Onkel Giorgio noch lebte, war meine Tante die charmanteste Person der Lombardei. Sie lächelte und lächelte, zumindest nach außen, es war, als hätten wir die Mona Lisa zu Hause.

In Wahrheit belächelte sie meinen Onkel, den kleinmütigen Provinzler, der ihr eine Heizdecke schenkte statt Rosen. Wenn er nicht gewesen wäre, was hätte sie alles sein können? Was hätte sie nicht alles gemacht? Nie wäre ich damals auf die Idee gekommen, dass sie sich ihre Wahrheit so zurechtlegte. So konnte sie Opfer bleiben und Giorgio war die Entschuldigung für ihr nicht gelebtes Leben.

Kaum war er tot, wurde sie provinziell und verzagt, schimpfte herum, war nicht zufriedenzustellen und wusste alles besser. Oft dachte ich, sie hätte einige Eigenschaften Giorgios verinnerlicht, um ihn ein wenig bei sich zu behalten, um nicht so allein zu sein. Seine Angst vor den Ungewissheiten des Lebens, seine Mutlosigkeit, die oft in zorniger Verzweiflung mündete. Das alles fand sich für eine ganze Weile auch im Verhalten meiner sonst so sanften Tante wieder.

Giorgio war tot, meine Eltern waren tot, eigentlich waren alle tot, die letzte lebende Verwandte war ich. Darum war und bin ich zuständig für verschwundene Amulette, gestohlene Pullover, Lippenstifte und verbrecherische Machenschaften. Meine Aufgabe ist es, neidische Nachbarn auszuschalten und Erbschleicher zu identifizieren. Die Faschisten, so Tante, hocken überall im Hier und Jetzt, sie waren nie weg, sie schlagen zu, wenn man es am wenigsten erwartet. Für Tante soll ich Lara Croft und Jeanne d'Arc in einer Person sein, immer bereit, für das Gute zu kämpfen, das Böse zu erkennen und abzuwenden.

Irgendwann muss ich über das Unrecht der Welt eingeschlafen sein. Das Handy reißt mich aus dem Schlummer, draußen rumort die Müllabfuhr, zu früh für Heldentaten.

»Signora Adriana?«

»Sì.«

»Condominio Bonacolsi hier. Wir haben ein Problem.«

Mir schwant nichts Gutes. Es ist die Hausverwalterin von Tantes Wohnung in Mantua. Sie ist außer sich. Tauben haben eine offene Luke gefunden, Eier auf dem Dachboden gelegt und vermehren sich munter. Von dort sind die grauen Ungeheuer in andere Wohnungen eingedrungen, haben an den jahrhundertealten Fresken geknabbert und auf den kostbaren Marmor gekackt. Eine Taube sei sogar in die alte Privatkapelle der Bonacolsi vorgedrungen und bade nun im Taufbecken. Kurzum, die Vögel zerstören den denkmalgeschützten Palast der Bonacolsi und die Tante soll schuld sein.

Um sieben Uhr morgens haben sie mich deshalb aus dem Schlaf geklingelt, die Notlage ist eindeutig.

»Wenn die Tauben es in den letzten tausend Jahren nicht geschafft haben, den Palast zu zerstören«, antworte ich, »kommt es auf weitere hundert Jahre auch nicht an.« Ich lege auf, nicht ohne zu versprechen, trotzdem etwas zu unternehmen, ich weiß nur nicht, was.

Tante hat die Tauben immer heimlich gefüttert, das

weiß jeder im Haus. Sie ist die Schwester des heiligen Franziskus. Patronin der Tiere. Als ich einmal vor Jahren unter Lebensgefahr ein Hornissennest aus ihren schweren Brokat-Vorhängen entfernte, sprach sie tagelang nicht mehr mit mir. Eine Mörderin sei ich.

Wie komme ich bloß auf ihren Dachboden, um die Viecher zu vertreiben? Wenn ich Tante erzähle, dass sich die Tauben dort vermehren, freut sie sich womöglich noch. Menschen, die alte Leute betreuen, brauchen viel Zeit, Geduld und starke Nerven. Denn die Aufgaben, die ihnen zufallen, sind vielfältig. Hier nun also Tauben und Taubeneier. Gut, vermutlich geht es schlimmer, von Freunden höre ich, dass ihre Eltern aus dem Pflegeheim abhauen oder sich von ihren letzten Ersparnissen einen Maserati kaufen.

Irgendwo müsste ich einen Ersatzschlüssel von Tantes Dachboden haben. Nur wo? Auf ihre Mitarbeit kann ich nicht zählen. Bei unserem letzten Treffen, als man sie noch im Heim besuchen durfte, sollte ich auf den Dachboden und den Schlüssel für den Bank-Tresor suchen. Sie hatte geträumt, man habe ihn gestohlen. Nur war damals schon der Dachbodenschlüssel nirgends zu finden ... Ich hatte sie gelöchert, sie möge sich doch bitte erinnern. Ich war nicht weit gekommen. Im Gegenteil. Das Schlüsseldesaster war damit erst richtig losgegangen.

»Tante! Bitte erinnere dich! Wo ist der Schlüssel? Wo hast du ihn hingetan? Wo hast du ihn das letzte Mal gesehen? Ich kann den Dachboden nicht öffnen, wenn wir den Schlüssel nicht finden.«

Tante schwieg. Vermutlich dachte sie nach.

»Ich habe es aufgeschrieben«, sagte sie schließlich. »Erinnerst du dich?«

Ich erinnerte mich an einen kleinen karierten Zettel, den ich im Badezimmerschrank gefunden hatte, auf dem in altdeutscher Schrift stand: »Schlüssel für Anrichte im Eckschrank hinter der Flasche, die noch eingepackt ist. In der untersten Schublade der Anrichte in grüner Plastiktüte Schlüsselbund mit mehreren Schlüsseln. Kleiner Schlüssel für Tresor im Bad. Dort Schlüssel fürs Dach. Im großen Schrank auf dem Dachboden, zwischen den Bettlaken: Tresorschlüssel Bank. Bitte nicht verlieren!«

Ich konnte den Schlüssel gar nicht verlieren, weil ich ihn erst gar nicht fand. »Bitte finden!« hätte da stehen müssen.

Einen weiteren Zettel fand ich in der Kaffeedose, er war im Espresso-Kaffee eingebuddelt. Auf ihm stand: »Schlüssel für Flurschrank in Jackentasche von Giorgios altem Mantel. Hängt an der Garderobe. Im Flurschrank Schlüssel für großen Schrank im Schlafzimmer. Im großen Schrank Umschlag unter blauer Hutschachtel. Im Umschlag ein Zettel. Auf dem Zettel stehen Anweisungen, wo sich Schlüssel für die Kommode befindet.«

Welche Kommode denn jetzt? Der Zettel roch gut, brachte aber rein gar nichts.

Tante hatte irgendwann alle Schränke und Kommoden als Schutz gegen Einbrecher verschlossen. Überall im Raum verteilt, auf dem Fußboden, hinter Türen, an den seltsamsten Stellen lagen weitere Zettel: »Krepiere, du Dieb!« – »Der Teufel soll dich Diebin holen!« – »Bei mir kommst du nicht mehr rein! Ladra scifosa crepa! Ti vedo!« Und dergleichen mehr.

Die Diebe ließen sich nicht abschrecken. Auch wenn neben den Zetteln Münzen lagen, um sie versöhnlich zu stimmen, die Gauner nahmen sich, was sie wollten. Ließen sich durch nichts abschrecken. So die Tante.

Ich hütete mich, meine Zweifel anzumelden. Unter dem Teppich hatte ich eine hellblaue Tüte mit zirka fünfzig Schlüsseln gefunden. Hatte mich vor die verschlossene Tür zum Dachboden gestellt und sie nacheinander ausprobiert.

Keiner passte.

Dann hatte ich im Eisfach weitere Schlüssel gefunden und wieder alle ausprobiert, in allen möglichen Möbeln und Türen. Ich hatte Glück, es passte zwar keiner zur Dachbodentür, aber in das Schloss einer Kommode, in der ein Kellerschlüssel versteckt war ... Im Keller fand ich weitere Schlüssel. Keiner passte für die anderen Möbel, auch nicht für das Dach und schon gar nicht für irgendeinen Tresor.

Der Staub war inzwischen tief in meine Lungen gedrungen und ich stand knapp vor einem Asthmaanfall. Warum wollte ich noch mal aufs Dach? Um zu schauen, ob der Tresor-Schlüssel für die Bank noch da war. Er war hundertprozentig noch da. Kein Dieb dieser Welt hätte die Geduld und Zeit, zwischen alten Laken nach einem Schlüssel zu suchen, der zu einem Schrank führte, wo ein anderer Schlüssel für eine Kommode lag, die wiederum den Schlüssel für den Tresor der Bank enthielt.

Erschöpft von der Schlüsselsucherei saß ich Stunden später wieder an Tantes Krankenbett.

»Der Dieb ist schon längst tot oder im Knast, bis er dich

bestehlen kann. Es ist leichter, in den Vatikan einzudringen, als in deine Gemächer, Zia. Mach dir keine Sorgen. Du bist eindeutig die Siegerin. Du hast sie mit deiner Verwirrungstaktik kleingekriegt.«

Und auch mich. Ich bekam keine Luft mehr und meine Nerven lagen blank.

Tante hatte sich vorsichtig aufgesetzt. Selbst im Nachthemd sah sie schön aus.

»Wenn ich tot bin, musst du ganz vorsichtig alles untersuchen und schütteln, ich habe überall etwas versteckt. Schmuck und Lire.«

»Lire? Weißt du, welches Jahr wir schreiben? Wenn du tot bist, Tante, lasse ich alle Schränke mit einem Brecheisen aufbrechen und werfe alle Schlüssel in den Mincio. Schluss, aus!«

So war die letzte Suche nach dem Dachbodenschlüssel verlaufen, warum sollte es diesmal anders werden? Am besten käme ich davon, wenn ich der Hausverwalterin riet, die Dachbodentür aufzubrechen und die Tauben zu vergiften. Das Totengebet würde ich aus der Ferne für die Viecher sprechen. Und zwar liebend gern.

Was, wenn auch ich schrecklich alt und unzumutbar werde? Keine Schlüssel mehr finde und alle um mich herum beschuldige, sie würden mich bestehlen? Was ist das überhaupt für eine Manie, Dinge zu sammeln, zu horten, um dann Angst zu haben, sie würden einem gestohlen? Da ist es doch besser, nichts zu haben, dann kann man auch nichts verlieren oder vergessen. Ach Tantchen, ich gebe es ungern zu, aber auch ich horte gelegentlich. Ich wäre eine wunderbare Buddhistin, wenn ich nicht so gerne sammeln würde.

Dieser Aschenbecher auf meiner Fensterbank, grün und schwer, ist mindestens aus den Sechzigern. Er stand bei meiner Mutter auf dem Schreibtisch. Den kann ich unmöglich weggeben. Nicht alle mögen aufgespießte Schmetterlinge, ich finde sie großartig. Die bleiben. Der kleine Ganesha bringt Glück, den kann ich auf keinen Fall wegwerfen. Und wer weiß, wozu der veraltete Opernführer noch gut sein wird.

Ausmisten ist eine Gabe. Ob man es erlernen kann? Vermutlich ist Sammeln eine andere Form, dem Tod die Stirn zu bieten. »Geh weg, Gevatter, ich habe noch vierzig Paar Schuhe, ich laufe davon, wenn du kommst!«

Solange Tante ihre vielen Uhren ticken hörte, war sie am Leben. Es waren an die sieben Exemplare, die zur vollen Stunde zu sehr unterschiedlichen Zeiten anschlugen. Eine Viertelstunde lang war mächtig Lärm, bis alle sieben fertig waren.

Georg und ich hatten unsere gemeinsame Berliner Wohnung mit Reise-Andenken und Erinnerungen gefüllt. Als Georg auszog, nahm er seine Bücher mit. Plötzlich stand über die Hälfte des Regals leer. Wie in einem französischen Film. Nur ohne Jean-Paul Belmondo. Das Grimm'sche Wörterbuch war weg, Arno Schmidts *Zettel's Traum* ebenfalls. Eine intellektuelle Lücke war entstanden; ich hatte meine Bücher ausgebreitet, Isaak Bashevis Singers gesammelte Werke quergelegt und andere jüdische Autoren großzügig verteilt. Ein Bücherregal wie in der Schul!

Ich hatte die deutsche Literatur durch jüdische Werke ersetzt, hatte Bilder in die leeren Fächer gestellt und die aufgespießten Schmetterlinge hinter Glas. Als wäre es immer so gewesen. Die Einsamkeit aber ließ sich nicht vertreiben. Die Leere blieb.

Habe ich Glück gehabt? Vielleicht. Habe ich Pech gehabt? Vielleicht. Auf jeden Fall ist alt werden eine Zumutung. Besonders für mich, die ich immer alles allein und selbstständig erledigt habe. Jetzt bin ich auf andere angewiesen. Sie machen alles falsch und trotzdem muss man sich bedanken. Meine Frisur ist peinlich. Angelina, die jüngste Schwester hier, ist rührend, aber sie macht mir Zöpfe wie einer Puppe. Ich bin nur alt, nicht debil!

Gleich kommt das Essen. Es ist Spargelzeit, ich liebe Spargel. Grünen Spargel mit Ei würde ich jetzt zubereiten. Etwas Parmesan darüber und bloß nicht zu viel salzen.

Dass man für mich kocht, war anfangs eine Erleichterung, doch nun gibt es wieder neue Maßnahmen und keinen Koch mehr hier vor Ort, das Essen wird von irgendwoher gebracht, in kleinen Kartons befinden sich hilflose Kartoffeln. In Plastik schwimmt eine Suppe. Und die Pasta ist, wenn sie endlich hier ankommt, klebrig und weich. Eine Schande.

Ich könnte das besser, aber angeblich kann ich nicht mehr allein für mich sorgen.

Muss man wirklich alles sehen und hören können, um eine einigermaßen anständige Lasagne zu fabrizieren? Daniela hat mir erklärt, dass der neue Koch aus Marmirolo und ein Profi sei. Na ja. Dass Marmirolo Chefköche gebiert, halte ich für unwahrscheinlich, Marmirolo ist Vorstadt pur, zwar nur vier Kilometer von uns entfernt, aber alles Bauern. Er mag besser sehen und hören als ich, doch schmecken und riechen kann er offensichtlich nicht. Wenn nicht einmal mehr das Mittagessen schmeckt, wozu dann noch leben?

Daniela hat mich getröstet, auch sie ist verzweifelt. »Andere Völker essen, um zu leben, wir Italiener leben, um zu essen«, hat sie gesagt. Wie wahr.

Ich möchte nach Hause. Selber kochen. Es soll sein wie früher. Was ist daran falsch?

Was wird aus meiner Wohnung? Wahrscheinlich haben Diebe sie bereits restlos ausgeräumt. Bestimmt haben sie sich als Postboten getarnt, aber statt Post zu bringen, haben sie den ganzen Schmuck gestohlen.

Ich muss mich beruhigen, das Herz schlägt mir bis zum Hals. Letzte Woche war ich plötzlich die Einzige auf meiner Etage. Ich dachte, alle außer mir hätten nach Hause gedurft. Ob man an Einsamkeit stirbt oder an Lungenentzündung, was für einen Unterschied macht das schon?

Mit Adriana habe ich mich am Telefon schrecklich gestritten. Sie kann nichts dafür, dass sie nicht da ist, aber sie ist nicht da! Sie beharrte zum hundertsten Mal darauf, dass draußen eine ganz andere Welt sei. Alle würden in ihren Häusern sitzen, niemand sei frei, die Schulen und Universitäten seien geschlossen und die Schuhgeschäfte auch. Das kann ich kaum glauben. Die Schuhgeschäfte?!

Und dann hat sie gesagt, dass die anderen Heimbewohner nicht nach Hause gebracht wurden, sondern in die dritte Etage. Dort sind alle Angesteckten. Und auch alle anderen, die sich vom Leben verabschieden. Ich sei als Einzige von der Malattia verschont geblieben. Ich, die Greisin. Deshalb sei ich allein im Erdgeschoss. Denn im Erdgeschoss seien die Gesunden. Warum im Erdgeschoss, habe ich mich gefragt. Damit ich schneller rausrennen kann?

Mein Schwager Jakob hat immer diesen Witz von den zwei Gefängnisinsassen erzählt.

»Ich möchte an der Tür liegen«, sagt der, der fünfzehn Jahre bekommen hat.

»Warum?«, fragt der, der lebenslänglich bekommen hat.

»Ich komme früher raus.«

Alle warten auf das Ende der Malattia, nur ich warte auf den Tod. Lustig!

Allein möchte ich allerdings nicht sterben; vor dem Tod noch ein wenig Gesellschaft, das wäre schön. Wenn meine Nichte das nächste Mal kommt, werden wir Briscola spielen. Und wenn die Schwestern wegschauen, werde ich Adriana bei der Hand nehmen und schnell rausrennen, nach Hause. Ein bisschen kriminelle Energie braucht der Mensch.

Tante verändert sich. Es gibt Tage, da ist sie ganz da, und andere, da geht ihr Blick woanders hin, wohin genau, ist schwer zu sagen. Gelegentlich denke ich, sie ist das Kind, ich bin ihre Tante. Heute Morgen war sie schrecklich deprimiert am Telefon. Sie versteht nicht, wieso alle die »Malattia«, wie sie es nennt, bekommen haben, nur sie nicht. »Ich habe schon einmal überlebt, als alle anderen getötet worden sind«, murmelte sie. Ich finde den Vergleich schwierig, sie versteht nicht, warum.

»Willst du jetzt sterben, nur weil du das Lager überlebt hast? Das ist doch absurd!«, spottete ich.

Sie versteht nicht, wieso ich nicht da bin und mit ihr davonlaufe, egal wohin.

Es war ein trauriges Gespräch, nach einer Weile habe ich aufgelegt.

Sie ist zäh und ich weiß genau, dass sie nicht geht, weil sie mich in dieser Welt, so wie sie gerade ist, nicht alleinlassen will. Aber wie wird die Welt sich verändern?

Immer wieder habe ich ihr angeboten, nach Deutschland zu kommen, in ein schönes Heim in Berlin. Dann könnte ich sie öfter besuchen. Sie antwortet regelmäßig: »Magari, schön wär's, aber lass es uns ein andermal besprechen.«

Das jüdische Altersheim ist ihr zu russisch, im deutschen Heim fehlen ihr die Juden. Kochen tun alle schlechter als die Italiener, und so vergeht die Zeit.

Vor zwei Jahren bin ich bei ihr am Gardasee aufgeschlagen, in ihrem Sommerdomizil, komplett aufgelöst. Die Alpen hatte ich unter Tränen passiert. Gut, dass ich den Weg im Schlaf kannte. Auf der Europabrücke fuhr ich kleine Schlangenlinien, eingeklemmt zwischen gewaltigen Lastwagen. Ich wollte hinabstürzen, zahlte stattdessen brav meine Maut und schlingerte weiter durch das Alpenland. Ich war eben doch nicht Fred Buscaglione, der in seinem Ford Thunderbird mit einem Lastwagen zusammenstieß. Ob er von der Brücke in den Abgrund gestürzt ist? Ich konnte ja auch nicht so singen wie er und schon gar nicht so viel trinken. Buscaglione war Tantes Idol. Er muss wunderschön gewesen sein. Ein Bild von einem Kerl, mit ausgeprägtem Alkoholkonsum.

»Se c'è una cosa che mi fa tanto male è l'aqua minerale«, hatten Tante und ich früher lauthals im Auto geschmettert. Wenn es etwas gibt, was mir schadet, so ist es Mineralwasser. Ein Prophet!

Um mich abzulenken, hatte ich ab München *Anna Karenina* gehört. Das hatte meine Laune nicht wirklich gehoben und ich hatte geschluchzt und geweint bis zum Brenner, dort an der Raststätte einen schnellen, sehr guten Espresso gekippt. Anna hatte sich inzwischen vor den Zug geworfen. Beim Weiterfahren weinte ich weiter, um mich und um die bedauernswerte Anna.

Seit Monaten schon ging das so. Ich weinte ohne Unterlass. Ich weinte auf dem Fahrrad und ich weinte beim Bäcker. Ich weinte in der Wanne und im Theater sowieso. Nur beim Schwimmen war es schwer zu weinen. Aber auch das gelang mir.

Ich schrieb Georg Mails. Bekam keine Antwort. Schrieb wieder. Ich brachte es auf hundertfünfundsechzig Mails. Stellte Fragen um Fragen. Flehte um Antwort. So also fühlte sich Ohnmacht an, ausgelöscht werden, dachte ich und schrieb eine weitere Mail.

Es war erstaunlich, dass die Polizei mich nicht festnahm wegen Stalking. Nach zwei Monaten exzessiven Weinens schleppte ich mich zum Arbeiten, ein Radiointerview, es war eine Wohltat, eine kurze Pause im Gedankenkarussell. Georg holte seine Sachen ab, während ich im Studio war. Seine Platten, seine CDs, seine Bücher. Es passierte mir und war kein Film von Godard. Ich verschenkte den Computer. So konnte ich wenigstens keine Mails mehr schreiben.

In diesem Zustand kam ich bei Tante an. Übernächtigt, verweint und ohne Computer.

»Warum nur konnte es nicht bleiben, wie es war? Ich war doch glücklich. Ich kann mich nicht damit abfinden«, klagte ich.

»Eins und eins ist fünf, sagt der Psychopath. – Nein! Eins und eins ist zwei, sagt der Neurotiker, aber es ärgert ihn«, antwortete sie.

Das waren Tantes Weisheiten, mit denen sie mich zu beruhigen versuchte.

»Alles fließt, mein Kind, panta rhei. Auch das Traurige wird sich davonmachen irgendwann, glaub es mir.«

Erst war Juni, dann Juli, dann August. Ich saß auf einem winzigen Strandstuhl neben der Tante und starrte auf das Wasser. Mal war der See spiegelglatt, mal wild. Ich aber war immer verzweifelt. Die Tante saß ruhig daneben, meistens schwieg sie, war aber sehr präsent. Wenn meine Verzweiflung anschwoll, sagte sie:

»Das geht vorbei. Er ist ein Idiot. Sie sind alle Idioten. Sie sind feige. Eine alte Geschichte. Du hast nichts falsch gemacht. Vergiss ihn. Schau, wie schön der See ist.«

Diesen Monolog wiederholte sie mit kleinen Variationen.

»Heute ist der See wie ein Meer. Durchsichtig und glitzernd. Er hat dich nicht verdient.« Oder: »Heute gehe lieber nicht ins Wasser, es wird dich verschlingen, so finster ist seine Farbe. Spätestens auf dem Totenbett wird er es bereuen …« Dann stand sie auf und sagte: »Komm, wir gehen Eis essen. Du wirst verrückt, wenn du dich so grämst.«

Manchmal empfahl sie mir zu schwimmen, dann schwamm ich eine oder sogar zwei Stunden. Sie kochte mittags Pasta und beobachtete mit Argusaugen, ob ich auch genug aß. Ich esse in der Regel sehr gut, vor allem Pasta.

Tante ist eine ausgezeichnete Köchin und ihr Ragù hat Weltklasse. Aber der Liebeskummer war derart gründlich, dass ich nicht einmal mehr wusste, wozu man Besteck benötigt. Ich schnupperte am Topf, verzog die Mundwinkel, nach wenigen Gabeln war ich satt und starrte aus dem Fenster. Tante sah das nicht gern.

»Wegen eines Mannes aufzuhören zu essen ist das Dümmste, was ich je gesehen habe.«

Sie machte Farfalle, meine Lieblingspasta. Ich stocherte auf dem Teller herum.

»Du bist nicht die Erste und nicht die Letzte, die verlassen wird. Das ist schrecklich banal und enorm kränkend. Steh auf und kämm dir die Haare.«

Abends versuchte sie es mit Salat und Fisch. Dann hakte sie mich unter und zog mich die vier Stockwerke hinter sich her.

»Wir gehen jetzt ein Bier trinken, meine Liebe. Es weht ein herrliches Lüftchen draußen und weißt du schon, dass Dora schwanger ist?!«

Sie war achtundneunzig und saß mit mir an einem Bartischchen. Sie bestellte zwei kleine Biere, die wir tranken. Dann sagte sie: »Jetzt ist Schlafenszeit!«, und hakte mich wieder unter.

Eine unaufdringliche, aber permanente Kontrolle. Keine Chance, mich zu erhängen.

Sie sagte nie: Reiß dich zusammen. Ich war ihr dankbar dafür. Schlief etwas, trank Bier und aß die eine oder andere Farfalla, denn die Zeit heilt alle Wunden, sagen die Weisen.

Was weder Tante noch ich glaubten.

Wäre sie sonst so oft mitten in der Nacht die steile Treppe hoch zu meiner Dachkammer geklettert? Schlief oder aß ich zu wenig ihrer Meinung nach, schaute sie mich lange vorwurfsvoll an.

So ging der Sommer seinen Gang.

Mit Rattengift stirbt man langsam und qualvoll. Und Zyankali ist nicht wesentlich besser, dachte ich auf meinem Strandstuhl.

»Bist du Frau Magda Goebbels?«, fragte sie. Konnte sie Gedanken lesen?

Ich hatte von den Kapseln gehört, die die Familie

Goebbels im Bunker zu sich genommen hatte. Auch in der Selbstmordplanung geht's nicht ohne den Holocaust. Ich kam weder mit der Trennung noch mit der Shoa zurande. Und wurde nicht damit fertig, dass man damit nicht fertigwurde. Eine jüdische Mischung der Weltklasse.

Zum Abendessen plärrte im alten Radio Billy Joel, ich wollte aus dem Fenster springen, sang mit und weinte. »Billy Joel versteht mich!«

»Wer ist Billy Joel, kenne ich den?«, fragte die Tante.

»She's always a woman to meeee! Ist das nicht schön?«

Das ging mehr oder weniger zwölf Wochen so.

Ich hatte eine prima Figur. Leiden macht schlank und durchsichtig.

»Du glaubst doch nicht wirklich, Zia, dass die Zeit alle Wunden heilt?«, fragte ich sie unter Tränen.

»Es kommt auf die Wunde an«, antwortete sie rabbinisch.

»SIGNORA FUHRMANN! Unser Koch ist wieder da! Che gioia!«

Daniela ist ins Zimmer gestürzt, um mir diese wichtige Nachricht zu übermitteln. Sie war zwei Wochen am Meer, steht braun gebrannt im Türrahmen und fängt plötzlich an zu weinen.

»Ma che buona notizia«, sage ich, »eine gute Nachricht, aber doch kein Grund zum Weinen!«

Daniela hat Liebeskummer. Il cuore spezzato. Sie hat am Strand ihre alte Jugendliebe, Gianni, wiedergesehen, ihr momentanes Leben erscheint ihr nun sinnlos, öde und langweilig. Die Jugendliebe wolle nichts von ihr wissen, liebe heimlich eine Nachbarin, ihr Mann aber bringe ihr, Daniela, seit den Ferien täglich Blumen nach Hause.

Ein Jüngling liebt ein Mädchen,
Die hat einen andern erwählt;
Der andre liebt eine andre,
Und hat sich mit dieser vermählt.

Das Mädchen nimmt aus Ärger
Den ersten besten Mann,
Der ihr in den Weg gelaufen;
Der Jüngling ist übel dran.

Es ist eine alte Geschichte,
Doch bleibt sie immer neu;
Und wem sie just passieret,
Dem bricht das Herz entzwei.

Heines Gedicht verjährt nie, ich kann noch den ganzen Text auswendig. Leider kann ich das Gedicht nicht auf Italienisch. Daniela starrt mich an, während ich auf Deutsch rezitiere, weint bitterlich und rennt schließlich raus, die Arme.

Noch eine mit Liebeskummer. Wie meine Nichte. Mal d'amore. Crepacuòre. Ich versuche mich zu erinnern, ob ich jemals solchen Liebeskummer hatte wie meine arme Nichte. Ich glaube nicht. Männer? Na ja.

Als sie mit ihrem Liebeskummer zu mir an den Gardasee kam, sagte ich nie: Reiß dich zusammen. Wozu auch? Ich gab ihr Pasta, zeigte ihr den See und die Eidechsen, die sich sonnten. Ich wartete mit ihr, dass die Zeit verging.

Wenn sie nicht im Bett lag, weil sie schlaflos schon im Morgengrauen joggen gegangen war, wurde ich nervös. Sie kam immer wieder zurück, verweint und ungekämmt. So verging der Sommer. Es war nicht leicht, das mit anzuschauen. Es tat mir in der Seele weh. Aber es war auch schön, so viel Zeit am Stück hatten wir lange nicht miteinander verbracht.

Natürlich war auch ich einmal verliebt. Hatte mehr oder weniger Glück, überdies Spaß, hatte auch eine große Liebe, aber das war nicht unbedingt mein Mann. Ich will nicht wieder von Fritz Epstein anfangen. Fritz war weg, in Australien, ich war in Europa. Mein Mann hatte mich aus dem Lager gerettet, das war mutig, und ja, ich war ihm dankbar.

Aber geliebt, ich weiß nicht … Ich wollte auf keinen Fall enttäuscht werden. Das Lager, der Krieg hatten mich schon genug verunsichert. Ich wollte lieber einen zu langweiligen Mann als einen, der mich betrügt oder anlügt.

Das ist pragmatisch, das ist mir klar. Er brachte nie Blumen nach Hause wie Danielas Mann, aber auf seine schüchterne Art betete er mich an. Das war schön und doch nicht genug. Manchmal war ich unglücklich, kaufte Antiquitäten, restaurierte die schweren Kommoden lieber als meine Ehe.

Ich fuhr regelmäßig nach Zagreb. Riesige Koffer, voll mit Geschenken, schleppte ich mit. Meine Schwester Thea schaute neugierig zu, wenn ich die Mitbringsel hervorholte. Kaum hatte sie sich das eine oder andere ausgesucht, begann sie mich zu beschimpfen. Wir stritten uns bis aufs Blut. Ich sei eine morallose Kapitalistin, schrie sie und trug dabei die Luisa-Spagnoli-Hose, die ich ihr mitgebracht hatte.

»Wie kann man sich gleich dem nächsten Diktator verschreiben«, schrie ich zurück, »wenn man einen anderen nur knapp überlebt hat?! Und wie kann man so gnadenlos hässliche Schuhe tragen?«

Letzteres dachte ich natürlich nur, über Mode mit meiner Schwester zu sprechen war verlorene Liebesmüh.

»Tito ist kein Diktator!«, schrie sie zurück. »Er ist unser Held. Lang lebe Marschall Tito!«

Mir wurde schlecht bei derartigem Fanatismus.

»Der Kommunismus kommt direkt nach dem Faschismus!«, rief ich.

»Du hast keine Ideale!«, brüllte Thea, rot vor Wut.

»Was ist er anderes als eine verbohrte, menschenfeindliche Ideologie?«

Ja, das fragte ich mich, und das fragte ich sie, was sonst sollen die Kommunisten sein? Mit ihren Moralvorstellungen, ihren Parteitagen und ihrer Scheinheiligkeit. Ein Haufen Dreck. Ich mag die Kommunisten genauso wenig wie die Faschisten.

Wenige Jahre später hat Thea ihr blaues Wunder erlebt, aber damals war sie süchtig. Süchtig, denn die Partei lieferte einen »Sinn«.

Später hat man sie aus der Partei geworfen. Natürlich hatte Thea die Partei auch genervt mit ihren Verbesserungsvorschlägen und ihren Fragen, sie war unbequem geworden. Aber ich verwette meine wärmste Daunendecke darauf, dass man sie rauswarf, weil sie Jüdin war. Zu kosmopolitisch war ihnen das semitische Volk. Mit Moša Pijade, dem Alibijuden in der Partei, haben sie sich gerühmt. Ein enger Vertrauter war dieser dem großen Drug Tito. Aber Thea musste verschwinden. Ganz kleinlaut ist sie hiernach geworden, und traurig auch. Sie hat ihr schönes Parteibuch in die Sava geworfen und nie wieder in ihrem Leben die Partei erwähnt. Aber damals war sie noch nicht so weit.

»Die Partei und Tito haben den großen Krieg für sich entschieden. Deshalb haben wir überlebt!«, schrie Thea in unverändertem Fanatismus. »Weil Tito uns da rausgeholt hat.«

»Unsinn!«, schrie ich zurück. »Wir hatten einfach

Glück, deshalb haben wir überlebt. Es gibt keinen Sinn. Der Krieg war sinnlos und die Verfolgung von uns Juden erst recht!« Am liebsten hätten wir uns geprügelt.

Meine Cousine Mila wohnte nebenan. Sie konnte bei dem Lärm kaum noch denken, also holte sie mich ab und wir gingen aus. Und ich traf mich mit Vladko, meinem Liebhaber.

Die ersten Male trafen wir uns unter der Uhr am Trg Republike, gingen in die Gradska Kavana, da saßen alle herum und tranken Mocca und Sliwowitz, das fiel nicht weiter auf. Erst später fuhren wir zum Meer. Am Anfang gingen wir ins Esplanade Hotel, weil uns niemand dort vermutete. Es war gerade frisch renoviert und nannte sich angeberisch Esplanade International, ein luxuriöser Bau mitten in der Stadt. Vladko hatte eine umtriebige Frau, nervös und häufig unterwegs auf Reisen, so stand auch seine Wohnung oft leer und zur Verfügung. Nun ja, alles nicht sehr schick. Im Nachhinein würde ich vieles anders machen. Aber diese Liebesgeschichte bereue ich nicht.

Meine Schwester Thea war ganz anders als ich. Abgesehen von ihrem kommunistischen Wahn glaubte sie, immer die Wahrheit suchen und sagen zu müssen. Als sei Wahrheit ein absoluter Wert. Wahrheit? Gibt es die wirklich? Ich fürchte, ihre Tochter Adriana kommt nach ihr.

Sie stoßen die Menschen vor den Kopf. Unnötig. Ich lächele und denke mir meinen Teil.

Thea hatte sich schon mit vierzehn in Jakob, ihren späteren Mann, verliebt. Der war zwanzig, fand sie lustig, aber doch nicht mehr! Sie ließ nicht locker, wartete seine Affären ab, seine erste Ehe samt Tochter. Schließlich hatte sie ihn an ihrer Seite, sie heirateten, bekamen auch eine Tochter, Thea blieb bei ihm, »no matter what«. Er sei das einzig Wahre, betonte sie immer wieder. Was für ein Unsinn. Er blieb ein unverbesserlicher Casanova. Wir stritten auch darüber heftig. Wir waren Schwestern, da schenkt man sich nichts. Aber sie war hoffnungslos verliebt und ihr Selbstbewusstsein hatte im Lager gelitten.

Wie das klingt ... Alles hatte im Lager gelitten, auch das Selbstbewusstsein.

Der schöne Jakob. Die halbe Stadt wusste, dass er sich mit einer eine Wohnung teilte, mit der anderen eine Scheckkarte, mit der dritten vielleicht Kinder. Meine Schwester litt, arbeitete und kochte für ihn.

Schon wenn ich mich daran erinnere, werde ich wütend. Ich finde das geschmacklos und Thea hatte das nicht verdient. Im Grunde ihres Herzens war sie Romantikerin und sie idealisierte ihren Mann genauso, wie sie Tito auf einen Sockel gehoben hatte. Beide Männer hatten es nicht verdient. Kein Mann verdient das. Es hätte umgekehrt sein sollen: Sie hätten Thea zu Füßen liegen müssen. Oder sie wenigstens gebührend schätzen.

Natürlich hatten sie auch gute Zeiten, Thea und ihr Mann. Sie waren über vierzig Jahre verheiratet, da ist es auch mal schön. Sie machten herrliche Reisen, er nahm sie mit auf seine Kongresse, schenkte ihr Schmuck. Und er war sehr unterhaltsam. Das ist natürlich ein Pfund. Mein Giorgio war eine gute Seele, aber ein Komiker war er nicht.

Der Mann meiner Schwester war ein begnadeter Witzeerzähler. Ein Charmeur aber hat seinen Preis. Auch Marschall Tito soll charmant gewesen sein. Nun, man erzählt sich so einiges. Meine Nichte wiederum hatte einen Langweiler, der sie betrogen hat. »Worst case«, würde die Queen sagen. Ich bin wirklich eine verhinderte Britin.

Gott sei Dank ist Massimo, unser alter Koch, wieder da. Massimo stammt aus Castelnuovo del Berardenga in der Toskana. Eine feine Küche gibt es dort. Pici mit Wildschweinsoße. Ein Genuss! Oder Ribollita. »Sono una golosona«, sage ich, als er mich besuchen kommt, und lobe ihn. Ja, ich bin wirklich ein Schleckermaul. Heute gibt es Pastina in brodo. Ich freue mich auf das Mittagessen. Pici. Ribollita. So etwas gibt es in deutschen Heimen nicht. Schade eigentlich.

Ein deutscher Mann. Darauf hatte sich meine Nichte kapriziert und es gab kein Vertun. Liegt da der Fehler? Eigentlich mochte ich ihren Mann. Er war gut aussehend und immer zuvorkommend. Wenn auch aus einfachen Verhältnissen; so etwas spürt man dann doch sofort. Später hörte ich, der Vater war bei der Wehrmacht, natürlich, wie auch nicht. Alle waren sie bei der Wehrmacht. Und die Mutter, ganz originell, im Bund deutscher Mädel. Nun ... was kann der Junge dafür? Nichts. Gar nichts. Und dennoch.

Ich habe seine Familie nie kennengelernt, und ehrlich, sie hat mir auch nicht gefehlt.

Das ist eben so eine Sache mit unserer gemeinsamen Geschichte: Wir bemühen uns alle redlich, einander zu verstehen, uns auszusöhnen, aber es ist nicht einfach.

Wir, damit meine ich uns paar übrig gebliebene Juden, die nach dem Krieg weiter in Europa lebten. Und ganz besonders die, die nach Deutschland gegangen waren. Wir taten so, als würde es gehen, als würden wir vergessen, verzeihen können. Ich bin mir nicht mehr so sicher.

Wir ließen Adriana machen, der Junge war gescheit und sah auch wirklich sehr gut aus, ein wenig wie Robert De Niro, aber insgeheim schüttelten wir die Köpfe.

Als meine Schwester nach Deutschland übersiedelte, war ich häufig zu Besuch. Es hat mir immer gut gefallen, dieses Deutschland, der Käsekuchen, Karstadt, Jenaer Glas. Wir sind manchmal den Rhein entlang gefahren. In putzigen kleinen Dörfern haben wir Wein getrunken, ein schönes Land. Wir sind ja deutsche Juden, das passt gut zusammen, sie und wir. Und dann eben doch nicht.

Ich hätte meiner Nichte wirklich von ganzem Herzen einen Mann aus einem anderen Herkunftsland gewünscht. Aber hatte sie eine Wahl? Sie lebt nun mal in Deutschland. Das hat sie sich nicht ausgesucht. Hätte meine Schwester sie nur hier bei mir in Italien gelassen. Ich habe sie geliebt und hätte sie gerne weiter großgezogen. Ich war wenigstens da, im Gegensatz zu meiner vielbeschäftigten Schwester. Adriana hätte den Ballett-Unterricht fortführen können und später Medizin studiert. Sie würde jetzt in Italien leben und müsste sich nicht über ihren deutschen Mann grämen.

Wo bleibt nur das Mittagessen? Immer sind sie zu spät! Die Pastina wird kalt! Was haben sie denn noch zu tun? Ich bin ja allein auf der Etage ...

»Fritz Epstein war doch auch Deutscher!«, hat Adriana einmal ausgerufen, als wir darüber sprachen.

»Ja, meine Liebe, er war deutsch, aber das war vor dem Krieg. Und vergiss nicht, er war Jude. Er war nur klug genug, sein geliebtes Hamburg rechtzeitig zu verlassen. Es ist eine einseitige Liebe, die jüdische zum deutschen Volk, eine Affenliebe. Lass dir das gesagt sein.«

Fritz blieb deutsch, auch in Australien, auch mit seiner australischen Frau. Das hat er mir damals in Venedig erzählt, während Tränen auf sein Tramezzino tropften.

Und ich? Ich war eine echte k. u. k. Pflanze. Eine verwöhnte deutsch-jüdische Prinzessin. Aber das ist vorbei. Ich habe meine Liebe auf Italien verlegt, das mir, trotz all seinem Chaos, vertrauenswürdiger erscheint.

Endlich ist das Essen da! Ich esse noch immer für mein Leben gern. Das Letzte, was von mir gehen wird, ist die Lust auf Pasta. Und die Liebe zu meiner Nichte.

Das Grandhotel Due Torri in Abano Terme, ganz in der Nähe von Padua, ruft an. Wir haben Tantes neunzigsten Geburtstag dort gefeiert und ich habe ganz optimistisch für den hundertsten Geburtstag drei Zimmer reserviert. Für Tante, Georg und mich und die Jungs. Der Manager holt Luft, will etwas sagen, ich falle ihm ins Wort. Erkläre ihm, dass Georg weg ist, die Jungs ausgezogen, die Tante einen Oberschenkelhalsbruch hatte … Endlich kommt der Hotelmanager zu Wort. Sie hätten geschlossen, des Virus wegen, es tue ihm leid.

Ich will nicht weinen am Telefon, mache es dann doch: »Wie soll die arme Tante ihren hundertsten Geburtstag feiern? So alleine ohne mich. War ihr Leben nicht hart genug?«

Jetzt ist der Hotelmanager endgültig überfordert, bekundet sein Beileid und legt überstürzt auf. Kein Grandhotel zum Geburtstag. Von dem Geld werde ich Tante einen überdimensionalen Blumenstrauß ins Heim schicken lassen. Rosen und nochmals Rosen, wie früher in ihrem Garten. Wieder heule ich los. Früher ist ein fatales Wort. Und Sentimentalität gehört unter Höchststrafe gestellt. Loslassen ist wirklich nicht meine Stärke.

Tante schlägt sich derweil tapfer, schimpft im Wechsel aufs Personal oder auf die Regierung, das hält sie auf Trab. Sie liebt Italien durch und durch und ihr Gezänk ist eine tägliche Liebeserklärung. So jedenfalls deute ich ihre Launen.

Wenn meine Tante nervös wird, zählen nur noch zwei Koordinaten: die gesellschaftliche Klasse und das Judentum. Das ist nervig, borniert und alles andere als zukunftsorientiert. Wir sind diesbezüglich schon oft aneinandergeraten. Irgendwann schweigt sie dann beleidigt, um am nächsten Morgen an genau derselben Stelle weiterzuschimpfen. »Was brauche ich neue Theorien, wenn meine alten funktionieren«, sagt sie wütend, wenn ich sie darauf anspreche. Ich finde sie reaktionär und schweige.

Trotzdem spüre ich, dass sich etwas verändert. Ihre Launen werden extremer, ihre Stimmungswechsel kommen abrupter.

Vor wenigen Tagen hat mich die Geschäftsleitung des Heims angerufen. So eine quasi Hundertjährige hätten sie noch nie erlebt. Sie würde unglaublichen Rabatz machen, sich nichts, aber auch gar nichts mehr sagen lassen. Maskottchen war früher, jetzt ist sie zur Nervensäge mutiert. An manchen Tagen würde sie alle als Antisemiten bezeichnen, so was gehe nicht.

»Nein«, sagte ich, »so was geht absolut nicht.« Und staunte, dass sie in einer geriatrischen Einrichtung so empfindlich sind. Sind alle anderen Greise pflegeleicht, nur die Tante ein Monster?

Frau Dr. Luise hat mir beigebracht, dass das Verhalten meiner Tante ganz normal ist. In dem Augenblick, in dem der Mensch spüre, dass er schwach wird, ihn die körperlichen oder geistigen Kräfte verlassen, würde er seine Ängste nach außen verlagern: Nicht die Tante selbst verliert oder vergisst die Dinge, alle anderen tun es. Das sei eine ganz normale Reaktion, um die eigenen Schwächen zu kaschieren.

Dieses Wissen gab ich nun nach Italien weiter. Bat um Geduld und Verständnis. Ließ mich zur Tante durchstellen, bat sie, sich zu beruhigen.

»Soll ich dich zu mir nach Berlin holen, Zia?«

»Nein, Liebchen, vorher springe ich vom Hungerturm. Ich würde dir nur auf die Nerven gehen. Dann lieber denen hier, die bezahle ich ja schließlich ...«

Als Tantes Mann Giorgio starb, war sie fünfundsiebzig Jahre alt. Sie weinte sich ein Jahr lang die Augen aus dem Kopf und legte dann richtig los. Sie reiste ans Meer und in die Berge, sie kam nach Berlin und war stets nur kurze Zeit im Winter zu Hause, lediglich um Wäsche zu wechseln. Sie hörte erst damit auf, als sie mit neunundneunzig Jahren hinfiel. Seitdem sitzt sie im Pflegeheim fest. Vermutlich ist auch das nur ein kurzes Zwischenspiel, bald wird sie wieder loslegen und bis in die Unsterblichkeit hinein ihr Leben genießen.

Ich bräuchte mehr von Tantes Genen. Losziehen, beherzt in die Zukunft schauen und das Wort »früher« aus meinem Vokabular streichen.

»Früher war ich verheiratet. Früher lebte ich in geregelten Lebensumständen.«

Oh, mein Gott, ich Spießerin!

Esoteriker lobpreisen die Krise. Sie allein bringe die Menschen dazu, sich zu verändern. Ja, das könne dauern. Vielleicht ein Leben lang, bis man zu sich fände, prophezeien sie. Je älter ich werde, desto aussichtsloser scheint es mir. Mit vierzehn, mitten in der Pubertät, ging die Suche los, jetzt bin ich sechzig und weiß weniger als damals.

Kein Thermalbad, kein Grandhotel in diesem Jahr. Den Koffer kann ich auch wieder auspacken. Dabei hatte ich mir extra ein neues Leinenkleid für Abano Terme gekauft. Und der Tante eine violette Leinenbluse. Leinen muss man tragen können, und wir können das.

Wir saßen in Riva am nördlichen Rand des Gardasees in meinem ersten »Trauerjahr«. Im Rücken die schon österreichisch aussehenden Häuser, vor uns die Fähren im Sonnenlicht auf dem See. Ich fühlte mich zerknittert, schlürfte Campari Soda, kam mir sehr démodée vor. Wir trugen beide helle Leinenkleider.

»Tante, bei wem hast du abgeschaut?«

»Du meinst, das Leben?«

»Ja, wer waren deine Vorbilder?«

»Vorbilder? Ich weiß nicht. Braucht es die? Kochrezepte bekam ich von meiner Mutter, sie war eine ausgezeichnete Köchin. Das wollte ich auch sein. Ich habe sie überhaupt sehr gemocht.«

Sie nahm einen großen Schluck und lächelte.

»Leinenkleider hat auch sie getragen. Sie kommen nie aus der Mode. Knittern, je länger man sie trägt, aber das macht sie umso schöner ...«

Wäre ich nur ein Leinenkleid, dachte ich. Die Abendsonne, der Campari – ich war beschickert und unendlich traurig.

»Vladko hat mir sehr gutgetan. Ich wusste, dass es nicht schick ist, einen Liebhaber zu haben. Aber Kroatien war so weit weg von deinem Onkel, es hat weder ihm noch mir geschadet. Ich bin viele Jahre nach Zagreb gereist. Und ich habe Vladko viele Jahre getroffen. Aber ich habe nie den Mut aufgebracht, Giorgio zu verlassen. Es war eine andere Zeit. Aber das ist auch eine Ausrede. Ich war ängstlich. Das Jahrhundert hatte mich ängstlich gemacht. Erst jetzt, da ich alt bin, bin ich mutig genug, mich an alles zu erinnern. Gesegnet seien die Demenzkranken ... Deine Großmutter, meine Mutter, war auch nicht sonderlich mutig. Vielleicht habe ich das von ihr geerbt. Deine Mutter hingegen war zur Heldin geboren. Und schau dich an. Du gibst auch nie Ruh!«

Es war ein kurzer Monolog, den Tante hielt, aber er hatte es in sich. Die Jahrhunderte vergehen, doch die Themen bleiben. Sie kleben wie Scheiße am Schuh.

Die Sonne hatte sich mittlerweile hinter den Bergen verkrochen, es war augenblicklich dunkel geworden, also brachen wir auf.

Was mache ich jetzt mit diesem Leinenkleid? In Berlin trägt kaum jemand Leinen, aber in Berlin wollen auch alle ewig jung und vor allem nicht zerknittert sein. Dazu passt Leinen sicher nicht. Leinen braucht Grandezza. Leinen ist äußerlich zerknittert, aber innerlich klar und fein. Leinen ist Größe dem Leben gegenüber. Als Philosophin erwartet mich noch eine steile Karriere.

Wo BIN ICH? Wenn das schon das Jenseits ist, sollten sie das Licht anmachen, es ist viel zu dunkel. Ich bin anscheinend im Stuhl eingeschlafen. Nach dem Mittagessen passiert mir das inzwischen oft. Früher war ich putzmunter, den lieben langen Tag.

Nein, ich bin im Flur. Vor dem Fenster. Es dämmert wohl schon. Ich bin nach dem Essen hergerollt, weil ich meine Zimmernachbarin Dora nicht aushalte.

Über Monate war ich allein in meinem Zimmer. Plötzlich legten sie mir diese Dora rein. Schon über eine Woche höre ich mir ihr Gebrabbel an. Heute wird sie endlich abgeholt, sie darf raus, ich muss bleiben. Dora kommt von einem kleinen Hof bei Goito. Was sie erzählt, wie sie dort die Schweine und Hühner halten, ist eine Schande. Der Hund an einer kurzen Leine, in der Hitze, die Kühe nie auf der Weide. Am liebsten würde ich ihr die Carabinieri auf den Hals hetzen. Ich bin nicht Brigitte Bardot, aber dass Tiere eine Seele haben, bevor sie zu Parma-Schinken und Grana-Padano-Käse gestampft werden, müsste inzwischen jedem klar sein. Ich werde Daniela bitten, den Tierschutzverein zum Hof zu schicken, um wenigstens den Hund zu retten.

Ist eigentlich schon Sommer? Hatte ich vielleicht bereits Geburtstag und man hat es mir nicht gesagt? Und wenn schon, was würde es ändern? Ich bin eine Greisin, egal ob mit hundert oder mit neunundneunzig Jahren.

Weiße Pollen fliegen wie Schnee am Fenster vorbei. Sehen und hören ist fakultativ, davon bin ich überzeugt. Es gibt Tage, da sehe ich glasklar in die Welt und höre eine Stecknadel fallen. An anderen bin ich blind und taub. Ich habe wirklich lange genug alles gesehen und gehört.

Die Menschen sind nicht gut. Diese Erfahrung habe ich oft gemacht und leider bestätigt sie sich immer und immer wieder. Meine Schwester war naiv, meine Nichte ist genauso gutgläubig, aber ich bin es nicht. Ich erwarte das Schlimmste und häufig trifft es ein.

Tiere sind die besseren Menschen, so viel ist sicher.

Ach, meine Laune ist mies, ich bin wirklich in keiner guten Verfassung.

Meinen Hunden ging es gut, zeitlebens. Auch den Katzen und den Gänsen, die wir eine Weile hatten. Wir waren eine Gemeinschaft, so habe ich das gesehen.

Dora ist fort. Endlich kann ich ins Zimmer zurück. Sie war wirklich ein Drachen. Wenn ich ihr widersprach, kniff sie mich, sie kontrollierte mich, schnüffelte in meinen Sachen.

Ganz am Anfang, als ich hier ankam und es noch keine Malattia gab, habe ich mir mit Carla das Zimmer geteilt. Sie war ein wunderbarer Mensch. Fröhlich und großherzig. Ihre Familie kam jeden Nachmittag, sie küssten erst sie zur Begrüßung, dann mich, sie waren so freundlich.

Alle gehen, nur ich bleibe. Abschiednehmen ist eine Kunst, die nur wenige beherrschen. Vielleicht bin ich überhaupt nur so lange auf Erden, um Abschiednehmen zu lernen.

An guten Tagen empfinde ich noch jeden Tag als Geschenk. Adriana fragt mich manchmal, ob mir nicht langweilig sei. Natürlich ist es hier fad. Niemand kommt mich besuchen, die Fernsehprogramme sehe ich nicht mehr und Radio höre ich auch kaum. Aber innerlich habe ich selten Langeweile, in meinem Kopf rumort es, alle möglichen Leute gehen darin spazieren ... Heli, zum Beispiel. Meine Freundin, mit der ich aus dem Lager geflohen bin und mit der ich in der Barkasse nach Norditalien gelangte. Sie zog nach London. Ich habe sie ein paarmal besucht und mir herrliche Cashmere-Pullover von dort mitgebracht. An einen dunkelgrünen Rolli erinnere ich mich besonders gerne. Und an Alessandro Testi, dem die Autowerkstatt gehörte. Er reparierte alle meine Fiats und den dunkelblauen Alfa Romeo. Ein richtiges Carabinieri-Auto! Sogar die behinderte Valeria lugt um die Ecke. Sie alle besuchen mich manchmal, ja, auch Tito ist schon vorbeigekommen. Der hat mir gerade noch gefehlt!

Kaum hatte sich der jugoslawische Staat erholt, waren nur noch Helden am Werk. Tito war ein Held und seine Anhänger sowieso. Und meine dumme kleine Schwester wollte alles glauben. Dabei gab es auf Goli otok ein Lager für alle, die nicht so von Tito begeistert waren. Ausgerechnet die Nachbarinsel von Rab, wo wir im Lager gewesen waren. Nach Goli otok, der »nackten Insel«, brachte Tito alle, die er loswerden wollte. Kaum war unser KZ befreit, wurde ein neues aufgemacht. Was für ein sinnloser Kreislauf.

Spätestens da hätten bei Thea die Alarmglocken läuten

müssen. Aber nein, sie schwor weiterhin auf die Partei. Aber die schöne Partei nicht auf sie. Erst haben sie Thea und Jakob rausgeworfen und dann wollten sie auch noch verhindern, dass sie das Land verließen.

Sie haben wirklich behauptet, Jakob hätte medizinische Geräte veruntreut. Sie haben schlichtweg gelogen, um ihn loszuwerden. Jahre später wurde er von allen Anfechtungen freigesprochen, aber da lebte er längst in Deutschland. Der wahre Grund war, dass er ihnen auf die Schliche gekommen war: Nicht die Nazis hatten seinen Bruder Silvio umgebracht, wie immer behauptet worden war, sondern ein missgünstiger Parteigenosse. Eine feine Bagage. Wenn Thea und Jakob nicht so schnell geflohen wären, hätten sie auch noch Goli otok kennengelernt. Wie kann man so verblendet sein?

Jeden Sonntagnachmittag rief mich Thea aus Deutschland an, wir stritten stundenlang. Ich schwärmte für Berlusconi, meine Schwester brachte das zur Weißglut. Die Frage war immer nur, wer als Erste den Hörer auf die Gabel knallte. Herrlich!

Wir waren eben sehr verschieden. Trotzdem war ich unabhängiger von meinem Mann als sie von ihrem Jakob. Sie machte sich stark für den Feminismus, verkündete überall, ohne Frauenrechte würde die Welt untergehen, aber als ihr Mann starb, folgte sie ihm nur kurze Zeit später. Ist das Emanzipation?

Als die Liaison meiner Schwester und ihres Mannes mit der Partei auseinanderbrach, nahm meine Affäre mit Vladko auch ein Ende. Ich hatte keine Lust mehr auf Jugoslawien und die Kroaten insbesondere. Alles kam mir wieder hoch, ihr wahrer Charakter. Alle waren sie Faschisten. Schrecklich.

Meine liebe Nichte wird böse mit mir, wenn ich das sage. Rassistisch sei das, alle Kroaten Faschisten zu nennen. Ist sie von ihnen ins Lager gesteckt worden oder ich?

Sie fragt mich immer, warum ich mir so sicher sei, dass der Mensch nicht gut ist. Ich weiß nicht, warum der Mensch so böse ist, aber dass er es ist, das weiß ich sehr, sehr sicher. Dann lacht sie mich aus und will mir nicht glauben.

Sie glaubt mir auch nicht, dass meine Cashmere-Twinsets gestohlen worden sind, und sie glaubt mir nicht, dass die Menschen nicht nur böse, sondern auch dumm und gemein sind. Was will man da machen. Sie ist unbelehrbar, aber ich liebe sie sehr. Wie ein eigenes Kind.

Sie wegen eines Mannes so leiden zu sehen tut mir weh. Wenn ich nur etwas tun könnte ... Das Verlassenwerden hat sie leider zu oft und vor allem zu früh erfahren. Doch auch ich werde gehen müssen, früher oder später, wie bringe ich ihr das bei?

Die Schwester kommt, weil ich schlafen soll. Sie legen mich so früh schlafen wie ein Baby. Ich möchte unabhängig sein. Mein Kopf ist doch noch so jung. Nun liege ich wach, und weder der Schlaf noch der Tod kommen mich heute besuchen.

Ich hatte nie Angst vor der Dunkelheit. Die kurze Zeit der Dämmerung bereitet mir Schwierigkeiten, das Zwielicht, bevor der Tag geht und die Nacht kommt, die Nacht selbst ist kein Problem.

Thea hatte nachts Angst. Sie hatte etliche Schlösser an ihrer Haustür angebracht und schlief trotzdem schlecht.

Ich schlafe bestens. Vielleicht reicht meine Fantasie nicht aus?

Allein im Haus sein, warum nicht? Ich höre die Nachtvögel, die Tiere des Waldes, was sollen sie mir schon tun? Sie sind mit sich beschäftigt. Sie jagen, essen, schlafen. Der Mensch aber jagt, isst, schläft und will Macht. Und da beginnt das Dilemma.

Adriana behauptet, ich würde mir widersprechen. Sie hat recht. Ich habe keine Angst allein, aber viele Schlösser gegen die Diebe. Nicht die Einsamkeit bereitet mir Sorgen, sondern die Menschen und ihre Missachtung. Denn jemanden zu bestehlen ist nichts als Verachtung. Die Macht zu haben, während der andere ohnmächtig ist.

Tante war heute wieder einmal verzweifelt. Die Menschen seien schlecht. Ihre ehemalige Zimmernachbarin Dora. Die Schwestern. Der Arzt. Die Nazis. Alles geht durcheinander. Ich habe Angst, dass sie eine Altersdemenz bekommt und der Wahn sie mit sich fortreißt. Fort aus dieser Welt. Fort von mir. Irgendwohin, wo ich nicht sein kann.

Noch vor ein paar Tagen war sie fröhlich, zuversichtlich und vernünftig, heute klingt sie müde und wirr.

»Du glaubst mir nicht!«, jammert sie. »Man sieht ihnen nicht an, dass sie böse sind. Sie kommen ganz normal daher und dann wollen sie dich umbringen. Warum? Was habe ich ihnen getan? Meine Familie? Wir alle?«

»Ich glaube dir, Zia, doch, doch!«

Ich klinge nicht überzeugend. Sie tut mir unendlich leid. Wo ist sie? In der Vergangenheit? In der Zukunft? Was kann ich antworten, um sie zu beruhigen?

»Die Shoa ist vorbei, Zia! Es gibt auch gute Menschen …«

Ich höre sie am Telefon seufzen, sie hört meine Worte nicht. Sie ist in einem anderen Universum.

Ich mag nicht auflegen. Sie verlieren.

»Wozu nur alles, dieses ganze Dasein?«, höre ich sie flüstern.

»Zia, alles ist gut. Beruhige dich.«

Sich die Frage nach dem Sinn des Lebens zu stellen ist

immer gewagt. Ich wüsste auf die Schnelle gar nicht, was das richtige Leben wäre im Gegensatz zum falschen.

Vegan leben? Oder wenigstens auf Fleisch verzichten? Nach Papua-Neuguinea gehen und mit Ureinwohnern leben? In der Bahnhofsmission Suppe ausschenken? In eine Partei eintreten und im Untergrund Molotowcocktails basteln? Auf Ibiza Party machen bis zum Abwinken? Es gibt etliche Drogen, die ich nicht probiert habe. Ehrlich gesagt, alle.

»Einatmen, ausatmen, raten in solchen Momenten die spirituellen Lehrer, Zietta. Zia, mi senti? Tante? Hörst du mich?«

Ihr Atem geht ruhig. Sie hat sich beruhigt. Ein Hoch auf die Yogis.

»Nicht auflegen!«, sagt sie plötzlich, wie ein Kind, das einen am Bett festhält, weil es fürchtet, allein einzuschlafen. »Und wenn die Nazis doch wiederkommen?«, fragt sie leise, aber laut genug, dass ich ihre Angst hören kann.

»Es gibt sie nicht mehr, Zia, sie sind besiegt«, sage ich. Dies ist nicht der Moment für Details. Jetzt von der Neuen Rechten anzufangen würde uns beide überfordern.

»Bist du dir sicher?«

»Ganz sicher!«

»Hast du schon gegessen?«, fragt sie nun. Wenn sie ans Essen denken kann, geht es bergauf.

»Sobald du schläfst, esse ich etwas, versprochen.«

»Gut. Du musst aufpassen, meine Kleine, der Mensch ist schlecht«, sagt sie wieder und schläft ein. Ich höre sie sanft schnarchen und lege auf.

Schon seit Jahren betet Tantchen vor dem Einschlafen leise vor sich hin. Meist auf Kroatisch bittet sie Gott, ihre Familie zu beschützen, vor allem vor den Nazis.

Und du, G'tt oder Adonai, hörst du überhaupt zu? Da ist diese Greisin, die zu dir fleht, und was machst du? Wenn ich zu dir beten würde, das kann ich dir aber flüstern, würde ich dir die Leviten lesen! Du scheiterst in Syrien und in Afghanistan. Am Nord- und Südpol schmilzt dir deine Welt davon. Du lässt die Menschen in Afrika verhungern und Kinder an Leukämie sterben. Aber es macht dir nichts aus, wenn Menschenmassen zu dir beten und sich bei dir bedanken. Mit deiner Einstellung, oh Herr, wäre ich schon überall rausgeflogen. Kein Opernhaus hätte mich je wieder engagiert.

Deinethalben schlagen sich seit Jahrtausenden Generationen von Menschen die Köpfe ein, stecken Häuser in Brand, vernichten Kunstwerke. Vergewaltigen Frauen, zerstückeln Männer. Und du?

Hörst nicht einmal die Klagen einer armen alten Dame.

Fuck you!, würde ich gerne sagen. Aber das darf man zu G'tt nicht sagen, hat man mir beigebracht. Ach, Adonai, ich verstehe dich wirklich nicht!

Heute habe ich Tante beruhigen können. Das klappt nicht immer. Wenn sie verzweifelt ist, wird es auch in mir gleich brüchiger.

»Der Mensch ist des Menschen Wolf!« Wo nur habe ich das gelesen? »Homo homini lupus.« Hannah Arendt? Oder doch eher ein Satz für einen Mann? Hannah Arendt und Heidegger. Eine merkwürdige Liaison. Aber ist Liebe nicht oft töricht und blind? Warum hielt Hannah Arendt so lange an diesem Menschen fest, der sich mit den Nazis gemein machte und dessen Ansichten sie so gar nicht teilen konnte?

Die Liebe sieht nicht, sondern träumt und sinnt,
Drum malt man den geflügelten Amor blind.

Sagt Helena in Shakespeares *Sommernachtstraum.* Wie oft habe ich dieses Stück gespielt? Dreißig, fünfzig Mal?

Ach William, du kennst dich aus mit Liebe und Hass!

Es ist schon zwei Jahre her, aber es fühlt sich an wie gestern, dass ich von meinem Mann verlassen worden bin. Wie bei Hermia, Helenas Nebenbuhlerin im *Sommernachtstraum,* die allein und verlassen im Wald erwacht.

Ich glaubte, eine Schlange frisst mein Herz,
Und du betrachtest lächelnd meinen Schmerz.

Ich bin schon wie die Tante. An guten Tagen nur monothematisch.

Ich pflege und hüte den Schmerz mit großer Akribie. Wenn ich spüre, dass es mir zufällig besser geht, beame ich mich in alte Erinnerungen, und schwupps, kann ich wieder herrlich leiden. Und mir tagein, tagaus dieselben Fragen stellen: Warum? Was habe ich falsch gemacht? Wieso habe ich nichts gesehen, bemerkt? Ohne jede Vorwarnung?! Es muss ein Versehen sein! Eine wie mich verlässt man doch nicht?!

Kaum habe ich alle Fragestellungen einmal durch, beginne ich von vorne. Vierundzwanzig Monate lang dasselbe Repertoire. Ich bin hartnäckig und zäh, auch im Leiden.

Immer wieder fuhr ich, nachdem Georg mich verlassen hatte, zur Tante an den See. Oder nach Mantua. Je nachdem, wo sie sich gerade aufhielt. Es wurde Herbst und Winter und wieder Sommer. Tante wackelte mit dem Köpfchen und gab Antwort. Sie sagte nicht: »Aber das haben wir doch schon hundertmal besprochen.« Nein, sie antwortete, als hätte sie die Frage zum ersten Mal gehört. Ihre Antworten waren immer die gleichen, aber in meinen Ohren klangen sie neu: »Ein schwacher Mann, nicht der erste, der so handelt, und nicht der letzte. Vergiss ihn. Er ist es nicht wert. Willst du ihn wirklich zurück? Was ist mit den Kindern?«

Ja, was war mit den Kindern?

»Es geht ihnen gut, Tante, keine Sorge!«

»Das ist die Hauptsache. Du wirst sehen.«

»Gut, dass ich dich habe, Zia! Dass du mich nicht einfach so fallen lässt.«

»Aber warum sollte ich? Es gibt gar keinen Grund. Du bist anstrengend und dickköpfig, aber absolut liebenswert. Lass dir das gesagt sein. So, und nun gehen wir essen. Ich habe Spargel für dich gemacht.«

Der Speiseplan variierte deutlich mehr als unsere Gespräche. Er war saisonabhängig, meine Fixierung nicht. Mein Leiden überstand jede Jahreszeit und Wetterlage. Tante half, wo sie nur konnte. Fühlte sich gebraucht und blühte auf.

»Für wen soll ich mich schön machen, Zia?«, jammerte ich eines Morgens am Telefon. »Wenn es weder mein Mann sieht noch du? Es gibt überhaupt keinen Grund mehr einzukaufen.«

»Das ist ein Irrtum, meine Liebe. Hätte ich immer auf einen Grund gewartet, wäre ich jahrelang nackt herumgelaufen. Sich zu pflegen zeugt von Charakterstärke. Ich schwöre dir, ich sehe dich. Solltest du dich gehen lassen, hast du Ärger mit mir. Was kostet meine Creme?«

»Warum?«

»Also, wie viel kostet sie?«

»Über hundert Euro. Aber ich zahle es gern …«

»Eine fast Hundertjährige, die eine Hundert-Euro-Creme braucht? Wozu? Verschwendung, könnte man denken. Falsch. Ich möchte mich pflegen, schön sein, es mir gut gehen lassen. Wer weiß, ob G'tt sich um mich kümmern wird? Wer weiß, ob es bei ihm eine Shiseido-Filiale gibt? Eine Dependance vom KaDeWe? Eine gute Creme ist die schönste Sache der Welt!«

»Ich habe keine Lust.«

»Egal.«

»Ich will nicht verschwenderisch sein.«

»Ausrede.«

»Ich sehe nichts, was mir gefällt.«

»Du gefällst dir nicht.«

»Stimmt.«

»Das zählt nicht. Kauf dir ein Kleid und du wirst dir besser gefallen. Versuche es wenigstens.«

»Okay. Aber wenn es nicht funktioniert?«

»Es wird funktionieren. Oder du musst es ohne Kleid schaffen. Aber es wird Zeit, ich bin ein bisschen müde.«

Ich musste mich beeilen. Entweder mit meiner Entwicklung oder mit dem Kleid. Ich entschied mich fürs Kleid, das war einfacher.

HABE ICH ALLES ERLEDIGT? Ich muss Daniela fragen, ob wir noch mal alles durchgehen können. Sie ist sehr pragmatisch und klug noch dazu. Mein Testament ist gemacht und beim Notar in Verwahrung, aber so vieles wird unvollendet bleiben. Die großen Blumentöpfe müssen gegossen werden. Im Winter stellt Gino sie rein, hoffentlich denkt er daran.

Innerhalb von sechs Wochen muss das Erbe angenommen werden, meine Nichte ist schrecklich unorganisiert, hoffentlich geht das gut.

Ich werde Thea wiedersehen, Giorgio und meine Freundin Heli. Im Lager waren wir unzertrennlich. An meiner Schwiegermutter gehe ich einfach vorbei – genug ist genug.

Es riecht nach Espresso. Bin ich schon unterwegs?

Aus dem Schwesternzimmer dringt Lachen herüber und der feine Duft des Kaffees. Also doch noch nicht das Jenseits.

Ich vermisse mein Leben jetzt schon. Adriana hat mich immer zum Lachen gebracht, das hat sie von ihrem Vater, seine Witze waren legendär. Einen Witz erzählt sie besonders gern:

Isaak Finkelstein kommt nach einer langen Zeit in Amerika zu seinen Eltern zurück.

»Sag mal, Isaak, betest du nicht mehr bei Tisch?«

»Nein, Mammeleben, das macht man in Amerika so.«

Am Samstag geht er tanzen.

»Sag mal, du kannst doch am Shabbes nicht tanzen gehen!«

»Hm, das macht man in Amerika so!«

Die Mutter ist total irritiert.

»Sag mir die Wahrheit, Junge, bist du noch beschnitten?«

Das ist so lustig. Ich könnte mich totlachen.

Es fällt mir schwer, die Augen offen zu halten. Ich bin so schrecklich müde. Das war ich früher nie. Selten habe ich tagsüber schlafen können, doch nun kann ich die Augen kaum aufhalten. Alles wird klein und kleiner, die Dimensionen stimmen nicht mehr. Streichelt meine Nichte meine Hand? Ihr Arm muss sehr lang sein, damit sie mich berühren kann, so weit entfernt bin ich schon.

Es tut mir so leid, meine Kleine, aber es ist vorbei, dieses Leben.

Ist die Tante tot? Ein Gefühl umgibt mich, als sei sie fort. Auf und davon. Draußen sind sommerliche zwanzig Grad, alles blüht, mir aber ist kalt. Ich bin in Graz. Der zweite Versuch, eine Premiere zu vollbringen, ist gescheitert. Ich probe *Die Verkaufte Braut* mit Unterbrechungen nun schon seit über einem Jahr. Kurz vor der Generalprobe sind zu viele infiziert und es wird wieder eine Pause eingelegt. Immer beschwere ich mich, dass in fast allen Opern Frauen sterben müssen, aber inzwischen würde mir eine mittelschwere Tragödie à la Verdi oder Puccini doch gefallen, bei aller Liebe zu Smetana, *Ich kenne ein Mädchen, das hat Dukaten, hat Dukaten …* Langsam kann ich es nicht mehr hören.

Morgen werde ich zurück nach Berlin fahren und warten. Warten, um wieder proben, wieder spielen zu dürfen. Warten, ob Zuschauer wiederkommen dürfen. Ob es ein Opernleben je wieder geben wird?

»La Signora Fuhrmann dorme. Come un angioletto.«

Tante schläft seit zwei Tagen praktisch durch. Wann immer ich anrufe, schläft sie. Das sei normal, sagen mir die Schwestern, wenn ich mich sorge. Zum Essen wache sie immerhin kurz auf. Sie sind ganz erleichtert, dass Tante so viel schläft, so kommandiert sie nicht herum.

Als ich klein war, legten wir uns manchmal nachmittags auf ihr Bett. »Andiamo a coccolare?«, fragte ich. Das heißt so viel wie: »Komm, wir kuscheln.«

Hinter uns hing ein großes Bild der Mutter Gottes. Marias blaues Kleid wehte im Wind und verdeckte Jesu Scham. Beide sahen sehr zufrieden aus, lächelten uns freundlich an. Das Zimmer war groß, die Läden halb geschlossen, Sonnenflecken tanzten auf der Decke.

Tante erzählte mir kleine Geschichten.

Wie sie den Fiat 850 geparkt hatte, aber ohne Handbremse, er war direkt in den Mincio gerollt.

»War Cika Giorgio sauer?«

»Etwas. Er fragte sich wochenlang, wie man so blöde sein kann. Damit war er dann für eine Weile beschäftigt.«

Wir kicherten.

Sie erzählte von einer Frau, die der Schlag getroffen hatte, weil sie barfuß den Kühlschrank aufgemacht hatte.

»Was wollte sie holen?«

»Milch, glaube ich«, sagte die Tante.

Ich war beeindruckt.

Oder wie Mišco, unser Riesenpudel, einer läufigen Hündin hinterhergelaufen war, dabei war er in den Kanal gefallen und hatte es nicht mehr rausgeschafft. Angler hatten ihn rausgefischt.

»Lebendig?«

»Ja, doch, aber fast ohne Krallen. Die hatte er sich beim Versuch rauszukommen abgewetzt. Das war ihm keine Lehre, wenig später war er wieder unterwegs. Der Trieb«, fügte Tante mit gebotener Gravität hinzu.

Ich liebte diese Nachmittage und Tantes Erzählungen.

Sie waren dunkel wie die Geschichten der Gebrüder

Grimm, aber aus erster Hand. Selbst erlebt! Die mitschwingende erzieherische Moral tangierte mich nicht sonderlich. Wollte Tante mich zu einem braven Haustier erziehen und herausputzen? Gut möglich. Es hat nicht funktioniert. Ich liebe es nach wie vor, den Kühlschrank barfuß aufzureißen. Und bisher hat mich nicht der Schlag getroffen.

»Es ist so still hier, so öde. Kein Wunder, dass ich am liebsten schlafe. Erzähl mir etwas, vielleicht bleibe ich dann wach«, bittet sie mich, als ich sie endlich einmal wach erwische.

Sie ist nach drei Tagen Dauerschlaf wieder aufgewacht, erfrischt, als wenn nichts wäre. Und ich hatte gedacht, sie würde gleich sterben ...

»Erzähle so wie damals, wenn ich dir nachmittags im Schlafzimmer Geschichten aus der großen weiten Welt erzählt habe.«

»Da muss ich nachdenken.«

»Eine schöne kleine Geschichte. Über das Leben. Sie darf auch traurig sein.«

»Aber gern, über das Leben, hm, so ein einfaches Sujet ...«

»Habe ich dir schon einmal erzählt, wie wir auf der Insel Rab waren?«, fängt sie dann doch selbst an. »Es war Sommer, die Ustascha hatten uns auf die Insel verschleppt und wir wussten, wir würden am Morgen abgeholt und ins Lager gebracht werden. Wir hatten noch eine Nacht. Praktischerweise hatte unser Vater ein Ferienhaus auf Rab. Ja, absurd, ein Ferienhaus, fünf Kilometer vom Lager entfernt. Man erlaubte uns, noch eine Nacht dort zu verbringen. Sie wussten, dass wir die Insel ohne Boot sowieso nicht verlassen konnten. Also, in unserem Ferienhaus beschlossen wir, uns zu fotografieren. Deine Mutter und ich haben unsere schönsten Sommerkleider angezogen und diese Strohschuhe, deren Riemchen man um die Waden wickelt. Wir haben in die Kamera gestrahlt. Am nächsten Morgen haben uns die Ustascha ins Lager gebracht. Diese Schürsandalen sind jetzt wieder modern, weißt du das? Ich habe meine leider verloren. Der Krieg … Du bist dran.«

»Gut. Also, da ist diese Freundin von mir, Bea, die eine schöne Tochter namens Minu hat. Zusammen mit den beiden lebt Jona, der Geliebte von Bea. Bea hat oft Migräne, der Kopf scheint ihr zu zerspringen. Später wird sie sagen, sie habe es geahnt. Kurzum, eines Tages ist die Tochter erwachsen und Jona beginnt, diese zu lieben, zu begehren und mit ihr zu schlafen. Bea ist unglücklich. Nicht genug, dass sie betrogen und verlassen wird, die Nebenbuhlerin ist ihre Tochter, die sie liebt und der sie nur Gutes wünscht. Es folgen schreckliche Jahre. Bea gelingt es, den Mann aus ihrem Herzen zu vertreiben, aber für ihre Tochter da zu sein.«

»Merkwürdige Geschichte. Ist sie wahr?«

»Absolut wahr.«

»Kenne ich diese Bea?«

»Ich glaube schon, du wirst dich vielleicht nicht mehr erinnern. Sie hatte immer diese Augenränder, das gab ihr einen sehr dramatischen Ausdruck.«

»Sie hat jedes Recht, dramatisch zu sein.«

»Das stimmt.«

Wir schweigen ein paar Minuten. Ein schönes Schweigen ist das.

Dann fängt meine Tante wieder an.

»Du warst klein, aber hast du noch eine Erinnerung an Fanny? Sie war die Frau von Ken. Er war steinreich, sie hatten ein Haus in Monaco, eines in Mailand und so weiter. Sie war ein ehemaliges Model, sehr hübsch, er schmückte sich mit ihr. Zu mir war sie freundlich, weil sie mich schön fand, aber kalt war sie auch. Sie muss alles lange geplant haben, denn eines Tages ist sie verschwunden, die Bilder, sehr wertvolle Bilder, waren weg, an der Wand nur noch die Nägel, das Konto geplündert. Er hat sie nie wiedergefunden. Auch nicht die Bilder ...«

»Natürlich erinnere ich mich an sie. Die Wohnung sah aus wie bei James Bond und sie wie ein Bond-Girl. Sag mal, hast du nur furchtbare Geschichten in petto?«

»Deine Geschichten sind nicht besser«, lacht die Tante.

Ja, unsere Geschichten sind schrecklich. Tante seufzt und ich atme schwer. Wir könnten uns ewig Geschichten erzählen.

»Tante, können wir uns nicht etwas Heiteres erzählen? Wir könnten es zumindest versuchen.«

»Lieto fine, meinst du? Mit Happy End? Fang du an, mir fällt nichts ein.«

»Als Giselle mit ihrem Mann und ihrem Sohn spazieren ging, war es ein herrlicher Tag. Die Marken sind sehr schön im Herbst. Mastix, Lorbeer und Erdbeerbaum ziehen sich bis zum Strand, sind das ganze Jahr über grün. Der Regen der letzten Tage hatte den Pflanzen gutgetan. Das

Gewitter kam unerwartet plötzlich, sie rannten wie die Irren, lachend, es regnete noch nicht. Der Blitz traf Giselle nur wenige Meter vom Auto entfernt. Ihr Sohn versuchte, sie wiederzubeleben, der Mann stand unter Schock. Ihre Schuhe waren gespalten, der Körper verbrannt. Später kamen die Carabinieri, der Krankenwagen. Giselle war sehr stark, es brauchte schon einen Blitz, um sie kleinzukriegen. Sie fehlt mir sehr.«

»Das nennst du eine heitere Geschichte? Sie ist unsagbar schrecklich!«

»Dann erzähl du eine! Zia, du hast im Krieg die Bootsfahrt überlebt! Als das Lager aufgemacht wurde und du geflohen bist, mit Giorgio, auf dem Boot, das euch wegbringen sollte, kurz bevor die deutschen Nazis kamen. Richtig? Du lagst unter den Decken, Heli auch, man hat euch gesucht und mit Bajonetten in den Decken rumgestochen. Immer knapp vorbei. Euch nicht gefunden. Das ist doch eine Geschichte mit einem guten Ausgang.«

Tante kichert. »Das stimmt. Das war knapp. Ich habe auch fürchterliche Angst gehabt. Zählt Überleben schon zu ›Heiteres‹?«

»Ich finde schon!«

»Dann will ich sehr heiter sein, denn ich habe ein paarmal Glück gehabt und überlebt. Ich habe dir ja schon gesagt, wir beide sind Glückspilze.«

»Ich musste nicht die Shoa überleben.«

»Doch, musstest du. Und tust es immer noch.«

»Bist du nicht müde, Tante?«

»Willst du mich loswerden? Aber ja, ein kleines Nickerchen wird mir guttun. Dir auch. Nach solchen Geschichten muss man schlafen oder essen. Schlaf gut, meine Kleine, buon appetito.«

Wir legen auf. Auch ich bin erschöpft, habe aber weder Appetit, noch möchte ich schlafen. Ich muss etwas Schönes machen, etwas, das weit weg von schrecklichen Geschichten und von der Shoa ist. Mein Rad bringt mich geradewegs zum KaDeWe, das geschlossen hat, wie alles andere auch, wie konnte ich das vergessen? Erst hier, vor dem majestätischen Gebäude, packt mich das Elend.

Keine Tante, keine Oper, kein KaDeWe.

Nichts wird mehr sein wie früher, so viel ist schon mal klar. Ich werde mich damit abfinden müssen.

TRÄUME ICH NOCH oder denke ich schon? Ich bin wieder allein im Zimmer. Dora ist weg und noch keine neue Zimmernachbarin in Sicht. Adriana wiederholt doch ständig, nichts sei mehr wie früher, wahrscheinlich sind draußen alle tot, nur vor mir hat man es verheimlicht.

Heute möchte ich nicht einmal mehr aufstehen. Ich möchte den ganzen Tag im Bett bleiben und träumen. In den Träumen ist alles so wie früher.

Ich erinnere mich gut an die Zeit, in der ich ein kleines Mädchen war. Es waren die zwanziger Jahre, deshalb trug ich so ein feines weißes Charleston-Kleid. »Broderie anglaise« heißt diese Art von Spitze. Wir waren in Opatija, mein Vater wollte ins Casino. Der Sessel war wuchtig, meine Beine kamen gar nicht auf den Boden, er stand in diesem Entree, dahinter befand sich das Casino. Thea schlief oben in unserem Hotelzimmer. Ich habe viele Stunden dort gesessen, gewartet, mit meiner Puppe gespielt. Meine Mutter kam und ging, mein Vater spielte drinnen. Die Stimmung war niedergeschlagen, dann euphorisch, dann wieder betrübt. Je nachdem, ob er gerade gewann oder verlor. Ich bin dann los, allein zum Meer. Die Wellen schlugen heftig gegen die Promenade in Opatija. Später habe ich gelesen, dass die Franz-Joseph-Promenade zwölf Kilometer lang ist und von Lovran über Opatija nach Volosko führt. So weit bin ich damals nicht gekommen. Ein Fischer hat mich spätabends vom Lungomare zurückgebracht. Sie gaben ihm eine Menge Geld, mein Vater hatte wohl gewonnen.

Zehn Jahre später, eine andere Promenade. In Split war das Licht besonders grell. Die hellen Steine reflektierten die Sonne, das Meer glitzerte. Ohne Sonnenbrille konnte man es kaum aushalten. Wir waren eine Clique, einen ganzen Sommer lang, alles gute Schwimmer, wir bourgeoisen Kinder. Ich hatte meine kleine Schwester im Schlepptau, sie war scheu und nörgelig. Ich war so unsterblich verliebt in Sascha und Ruben und wurde hofiert. Den Fritz habe ich damals kennengelernt. Nachmittags, oben auf dem Marjan, beim jüdischen Friedhof, packte er seine Gitarre aus. Ein anderer hatte ein Radio. Wir tanzten. Die Passanten schüttelten die Köpfe. Man tanzt doch nicht vor einem Friedhof.

Jetzt ist das fast ein Jahrhundert her. Es fühlt sich an wie gestern, die Aufregung, das Plappern, der Geruch von Seeigeln, die in der Sonne trocknen. Ich möchte, dass man meine Asche ins Meer wirft. Ins Adriatische Meer. Das finde ich sehr passend.

Zum Presseball in Zagreb – kurz bevor der Krieg anfing – trug ich dieses Tüllkleid, hellblau, winzige glitzernde Steine. Es war mein erster und letzter großer Ball, mein Debüt. Der Presseball! Alle namhaften Künstler und Politiker würden da sein, und meine Freundinnen. Ich drehte mich nach rechts und nach links für den Fotografen, das Lächeln ein wenig künstlich, ich war schrecklich aufgeregt. Und groß atmen konnte ich auch nicht, so eng war meine Taille geschnürt. Irgendwo habe ich diese Fotografie noch ... Mein Haar war lang und dunkel, das Collier sehr teuer, wir haben es später dem Ustascha in die Hand gedrückt, er hat uns dennoch aus dem Zug geholt und verschleppt. Ganz knapp vor der Grenze. Er hat uns aufs Revier gebracht, sich mächtig gerühmt, dass er uns nicht gleich erschossen hat. Am nächsten Morgen hat er uns nach Rab gebracht. Das Collier hat er behalten.

Als ich mir in Italien kurz nach dem Krieg die ersten Sachen kaufen konnte, war ich selig. Ich wünschte, der Lagerleiter hätte mich sehen können. Er hat mich nicht kaputtgekriegt, dieser Unmensch.

Ein Paar blaue Lederschuhe mit einem weißen Rand. Unfassbar teuer, ich hatte Wochen gespart an allem. Dazu dieses Kleid, blaue Streifen, Längsstreifen machen schlank. Meine Nichte trägt es jetzt, aber mir stand es besser. Adriana kann sich nicht vorstellen, dass ich, aus dem Lager kommend, wieder hungerte, nur wegen einem Paar Schuhe. Aber ja, es war so. Genau so geht Überleben.

Der Antiquitätenhändler, bei dem ich ein und aus ging, war gleichzeitig Restaurateur, eine schlaue Geschäftsidee. Ich bin mir sicher, er hat sich sein Haus größtenteils von meinen Einkäufen finanziert, so viele Lire, wie ich dagelassen habe. Alles habe ich eingerichtet. Giorgio hat es geduldet. Ich weiß gar nicht, woher ich einen so treffsicheren Geschmack habe, ich habe ihn einfach. Aus dem Elternhaus vielleicht? Aber dann hätte Thea ihn auch gehabt. Es macht mir Spaß, und unsere Häuser waren wunderschön. Innenarchitektinnen nennen sich solche Frauen jetzt. Das war ich auch, ganz ohne Titel. Nicht um alles in der Welt hätte ich dieses Leben eingetauscht gegen die absurde Idee vom Sozialismus.

Natürlich ist es bitter, wenn man Witwe wird. Ich war traurig, und obgleich wir nicht die innigste Ehe auf Erden hatten, vermisste ich Giorgio. Als Frau verlierst du auch einen gewissen gesellschaftlichen Status. Und gleichzeitig bist du, zumindest in Italien, geschützt: Die hat ihren Mann überlebt? Fast eine Heilige. Als ich mich ausgeweint hatte, habe ich gegessen, was ich wollte und wann ich wollte. Keiner hat herumgenörgelt. Ich bin los und habe mir die Welt angeschaut. Habe die Sonne und das Meer genossen, den heißen Sand, die Muscheln, die morgens angeschwemmt am Ufer liegen, die spektakulären Sonnenuntergänge. Es ist schön, wenn man Gesellschaft hat, aber es geht auch wunderbar ohne. *Besser allein als in schlechter Gesellschaft.* Das ist mein Credo. Ich würde sagen, die letzten fünfundzwanzig Jahre waren die schönsten meines Lebens.

Vielleicht waren es auch einfach nur die leichtesten, schmerzfreisten Jahre. Die schönsten waren die mit der Kleinen. Ich war ihre Mutter und sie meine Tochter, ganz gleich, was im Geburtsregister steht. Sie war vier, als sie zu mir kam, und bis heute kommt sie mich besuchen, wann immer sie kann. Sie passt jetzt auf mich auf, wie ich früher auf sie. Ich habe sie beschützt und geherzt und bedingungslos verteidigt. Wenn's sein musste, auch gegen meine Schwester. So ist das mit der Liebe.

Es ist wirklich so, dass das Leben Revue passiert, kurz bevor man geht. Das habe ich in der *Annabella* gelesen, die ich jahrelang abonniert hatte. Nicht alles stimmt, was in diesem Magazin steht, das schon.

Wenn ich noch einmal von vorne beginnen könnte, im Jahre 1920, was würde ich anders machen? Das fragt mich Adriana manchmal.

Was für eine irrsinnige Frage.

Da war dieser Krieg in der Mitte, nein, am Anfang meines Lebens. Der hat alles geprägt. Alles, was danach kam, war das Gegenteil von dem, was ich mir vorgestellt hatte. Ohne Krieg wäre vielleicht alles gut gegangen. Es ist anders gekommen. Ich habe mich jahrzehntelang gegrämt. Jetzt nicht mehr.

Obwohl ich sicher weiss, dass ich in Berlin bin, in meiner Wohnung in Schöneberg, bin ich nach jedem Telefonat mit der Tante in Gedanken noch eine Weile in Mantua. Die Freiheitsglocke vom Rathaus Schöneberg läutet zu Mittag, aber es hört sich an wie die Basilika von Sant'Andrea auf der Piazza Mantegna. Die Mauersegler ziehen ihre Kreise über dem Volkspark in Berlin, ihren Verwandten, den kleinen Schwalben aus der Lombardei, zum Verwechseln ähnlich.

Ich rase auf meinem Kinderrad im Kreis. Piazza Pallone. Piazza Virgiliana. Die kleinen Steinchen verursachen fiese Wunden, wenn ich falle, und ich falle häufig. Am Ausgang des Parks gibt es einen zierlichen grünen Brunnen. Die Spatzen baden im Wasser und wir halten die blutenden Knie drunter. Jeden Nachmittag bildet sich eine Traube von kleinen Verwundeten. Der Hund des Gärtners heißt Laika, wie der Hund, der als erster zum Mond geflogen ist. Diese Laika hat den Park noch nie verlassen.

Meine Grundschule ist um die Ecke vom Dom. Ich bin in der ersten Klasse der Mädchenschule in Mantua. Samstags laufen wir in Zweierreihen zur Messe mit anschließender Kommunion. Ich weiß, ich darf nicht, Tante verbietet es mir, doch ich schmuggele mich unter die Betenden. Die Hostie schmeckt nach nichts, klebt aber ewig am Gaumen.

Zur Beichte gehe ich nicht, aber ich versuche zu lauschen, was die Mädchen verbrochen haben: Sie haben gelogen oder Schokolade geklaut. Sie beten:

›Santa Maria che tu sei fra le grazie il signore sia con te. Tu sei benedetta fra le donne, benedetto il frutto del tuo ventre, Gesu.‹

Ich kann es immer noch auswendig.

Die deutschen Mädchen im Internat in Marburg benehmen sich nicht wie die Queen. Sie halten das Besteck falsch und legen keine Serviette auf den Schoß. Ich bin entrüstet, Tante wäre es auch! Ach, wie ich sie vermisse. Nachts zähle ich mein Taschengeld. Bis zum Brenner würde ich es damit schaffen, den Rest könnte ich laufen.

Kampfsport ist gut für Mädchen, sagt meine Mutter, die Kleine muss sich wie ein Kerl wehren können. Was, wenn Krieg kommt? Ballett ist viel besser, sagt die Tante, schau, sie läuft wie eine Ente.

Ich habe ein Tütü und einen weißen Blumenkranz als kleine Giselle. Wir proben im Teatro Sociale in Mantua. Außerdem habe ich einen weißen Jiu-Jitsu-Anzug für das Training in der Sporthalle in Marburg. Die erste Rolle vorwärts, zack, das Schlüsselbein ist gebrochen. Es tut höllisch weh. Alle Schulferien darf ich bei der Tante in Italien verbringen. Ich warte sehnsüchtig darauf. Um den Hals trage ich eine Plastikhülle mit der Adresse. Milano Centrale, da steht die Tante auf dem Gleis und wartet. Ab jetzt bin ich Italienerin. Sie schenkt mir eine Reise nach Venedig. Wir wohnen bei Verwandten von Giorgio, von deren Wohnung man auf den Canal Grande blickt. Draußen der Trubel, drinnen schwarze modrige Räume. Ich fürchte mich vor den Verwandten, auch Tante mag sie nicht. Wir kaufen uns Blasenpflaster, weil wir so viel laufen, um dem Mief zu entkommen.

Wir nehmen den Zug nach Florenz. Hier ist es heller und das Hotel hat einen Balkon. Die Gebäude sehen aus wie gemalt. Tante und ich auch. Weiß mit grauen Streifen, die Gebäude und unsere Kleider.

Ein Privatlehrer wird für die Sommerferien engagiert, damit ich später auch in Italien die Schule besuchen kann. Für alle Fälle. Falls der Krieg wirklich wiederkommt.

Auch der Mathematikprofessor, der im Palazzo Bonacolsi unter dem Dach wohnt, wird bemüht. »Er ist klug«, flüstert die Tante, »und Jude.« Das nervt. Ich möchte Ferien haben wie alle deutschen Kinder. Tante aber ist sich sicher, dass ich bald wieder ganz nach Mantua ziehen, in Italien studieren werde, und überhaupt: wozu dieses Deutschland? Ich muss vorbereitet werden für die große Rückkehr. Ich lese in den Ferien *I promessi sposi* von Alessandro Manzoni und lerne alle italienischen Flüsse.

Wenn ich die Staatsgrenze zu Italien passiere, wird nur noch Italienisch gesprochen, und die Tante besteht darauf, dass ich ausschließlich italienische Bücher lese. Ich beginne mit *Pinocchio,* später gibt sie mir Giorgio Bassani zu lesen, *Die Gärten der Finzi-Contini,* und eine ganze Nacht lang weine ich über die Geschichte vom jüdisch-italienischen Bürgertum und seinem Ende. Danach folgt *Il Gattopardo, Der Leopard*, Giuseppe Tomasi di Lampedusas einziger Roman. Ebenfalls eine Zeitenwende, sagt die Tante, eine der wichtigsten für Italien. Von Leonardo Sciascia lerne ich einiges über die sizilianische Mafia. In der zweiten Reihe im Regal, schön versteckt, steht Pitigrilli. Es ist nicht Tantes Absicht, dass ich *Cocaina* lese, aber dieser Roman gefällt mir ausnehmend gut.

Meine Mutter möchte, dass ich auf Deutsch lese, schließlich lebe ich ja in Deutschland. Sie werden sich nie einig. Warum auch? Die schöne Helena und die resolute Thea. Meine beiden Mütter. Ich bin ihre Verlängerung ins 21. Jahrhundert. Ihre Botschafterin, ihr Dybbuk, ihre Fee.

Meine neue Zimmernachbarin heißt Pasqualina und kommt aus dem Salento. Ihr Mann hat vor Jahrzehnten Arbeit bei Fiat bekommen und sie ist mit ihm in den Norden gegangen. Sie redet mit sich selbst in einem fort. Wenn ich mal etwas verstehe, ist es nicht so uninteressant. Sie kennt sich aus mit Fischen, dem Meer, dem Süden. Sie weiß, wie man Tomaten einlegt und Tintenfisch weich bekommt. Hin und wieder schweigt sie oder weint leise vor sich hin. Ich weiß nicht, ob sie Tabletten bekommt.

Man sagt, alle Alten bekommen in den Heimen Beruhigungstabletten. So stören sie weniger, schlafen besser, Alterswahn und Starrsinn werden minimiert. Ich bekomme solche Tabletten sicher nicht, ich erinnere mich an alles.

Ich habe mein ganzes Leben lang nichts genommen, wenn ich jetzt die eine oder andere rosa Pille bekäme, wäre es nicht arg. Ich würde mich vielleicht nicht mehr so haarklein an jedes Detail erinnern. Die Rosenhecke wäre fort, die Lagerbaracke aber auch.

An Adrianas Leben erinnere ich mich genauer als sie selbst.

Adriana, bist du da? Erinnerst du dich, dass du mir immer deine Freunde vorgestellt hast, sobald du dich neu verliebt hattest? Vielleicht sollte ich sie begutachten? Vielleicht mitentscheiden, ob sie etwas taugten? Sie mussten den weiten Weg bis nach Italien auf sich nehmen, das war der erste Lackmustest. Einige haben es nicht bis zu mir geschafft, also wurden sie gleich aussortiert.

Als Erstes schaffte es Sören aus Schweden bis nach Italien. Er wartete vor dem Dom auf uns, war schon ganz rot von der Hitze. Er sprach kaum und starrte dich mit seinen farblosen, wässrigen Augen an. Wo hattest du ihn nur aufgegabelt? Du hättest am liebsten auf dem Absatz kehrtgemacht, das sah ich dir an. Wir nahmen ihn trotzdem mit, ich fand, dass er nach der langen Reise wenigstens etwas essen sollte. Er verschlang meine Pasta, schlief auf dem Sofa, du wolltest ihn sofort wieder loswerden. Er tat mir leid. Wir haben ihn in den Zug nach Venedig gesetzt und nie wieder etwas von ihm gehört.

Dann kam Javier aus Madrid. Er schlief im Zelt auf dem Campingplatz, in dem du für Stunden verschwandest. Dein Onkel ging dich suchen. Wenn er dich fand, gab es eine Szene und er zerrte dich an den Füßen heraus. Javier hatte Geschenke mitgebracht, von seiner Mutter eingepackt. Du warst schon öfter bei ihnen in Madrid gewesen. Er war sehr sensibel und schaute ernst und gefasst auf dich und Italien.

Als Nächstes hast du dich in einen Belgier verliebt, Vic, der Comics zeichnete. Du hattest ihn in unseren Ferien am Gardasee kennengelernt. Seine Mutter war sehr dunkel, ich habe immer vermutet, sie sei eine Roma. Die Familie hatte einen riesigen Wohnwagen, ein Wasserskiboot und fünf oder sechs Kinder. Dagegen kam der strenge, stolze Spanier Javier nicht an. Der Belgier malte dir ganze Bücher voller Comics und heiratete urplötzlich seine schwangere Kommilitonin, da hast du bitterlich geweint.

Max war der Erste, der blieb. Ich mochte ihn nicht sonderlich, aber ich tat ihm unrecht, er war ein anständiger Kerl. Das erkenne ich heute. Er erinnerte mich nur irrsinnig an deinen Onkel, meinen Mann. Alles hat er kontrolliert, überprüft, Rechnungen, Auspuff, Motoren, Pasta-Soßen. Zum Wahnsinnigwerden.

Ihr seid mit der Vespa durch Italien gedüst, Sterbensängste habe ich ausgestanden, nichts gesagt, innerlich gebetet, dass ihr heil zurückkommt. Aber er hat gut auf dich aufgepasst, also habe ich Ruhe gegeben. Hättest du den geheiratet, es hätte mich trotzdem nervös gemacht. Inzwischen ist er ein guter Freund von dir. Schon das allein spricht für ihn.

Georg kam zu Fuß über die Alpen, bei der Ankunft sprach er mit Giorgio Italienisch, der war entzückt. Das hätte uns stutzig machen müssen, hat es aber nicht. Georg sah zu gut aus. Ist nicht gut für einen Mann, wenn er zu schön ist, dann strengt er sich nicht genug an. Wir haben ihn brav hofiert, und schon bald hattet ihr einen Hund, dann einen Sohn, dann noch einen. Fiamma war eine gute Hündin. Deine Söhne waren ein Geschenk. Er war ein guter Vater. Dabei belassen wir es jetzt, was meinst du?

Nur eines noch. Wenn ich im Winter für ein paar Monate nach Deutschland kam, wollte ich kochen, natürlich. Er hat immer die Küche okkupiert, das hat mich immens gestört. Er war kein schlechter Koch, aber ich bin um Klassen besser.

Die nächsten Männer werde ich verpassen. Das ist schade, ich war kein schlechter Seismograf. Vielleicht sollte ich dir eine Checkliste erstellen?

Schauen wir mal:

Nicht zu schön. Oder charmant.

Großzügig! Einen Geizhals an der Seite zu haben ist ein Albtraum. Giorgio hatte viele Fehler, aber er war nie knauserig.

Natürlich wäre ein Rothschild, überhaupt ein Jude sinnvoll. Das ist kompliziert, ich weiß, aber wünschen und empfehlen kann ich es trotzdem.

Er sollte dich auf Händen tragen. Dich wirklich lieben. Das würde mich beruhigen.

Ob man von oben die Fäden in der Hand hat? Vielleicht kann ich aus dem Jenseits ein wenig mitlenken.

»Signora Fuhrmann! Con chi parla? Sie sprechen seit einer Stunde ohne Unterlass. Si calmi. Jelka!«

»Sì, mi calmo. Daniela? Dov'è Daniela?«

»Sono Irina, Jelka. Irina.«

Irina ist eine neue Pflegerin aus der Ukraine, mit blassen blauen Augen und schwerem Busen. Ich mag sie. Wenn sie lacht, hebt und senkt er sich, sie erinnert mich an unsere Köchin in Zagreb, vor dem Krieg.

Ich habe anscheinend laut geredet, man hat sich Sorgen gemacht. Wir sind ein zahnloser Chor von plappernden Alten. Aus allen Zimmern summt es. *Va, pensiero sull'ali dorate* ... Verdis schönster Refrain. *Nabucco.* Der Chor der Hebräer, in Babylon gefangen, besingt das ferne Heimatland. Schwebt in Gedanken nach Hause. Kein Wunder, dass mir das hier einfällt.

»Sì, Irina, mi calmo.«

Gleich werde ich ein bisschen schlafen und schon einmal üben, wie es sich anfühlt, im Jenseits zu schweben.

Meine Tulpen haben ewig gehalten, es war kühl und nicht sehr verregnet, nun sind sie doch verblüht und die Rosen haben übernommen. Der Frühling ist in vollem Gange. Überbordend und bunt. Ich binde die Heckenrose hoch, sie umrahmt mein Zirkuswagen-Idyll, ich bin die Schlossherrin. Andere haben Ferienhäuser, ich habe zwei mal acht Meter. Ein überschaubares Paradies.

»Signora Adriana? Al telefono? Il dottore Bianchi möchte Sie sprechen …«

Das Heim hat mich aus meinem Dornröschenschlaf aufgeschreckt. Dr. Bianchi ist Arzt und sieht auch aus wie einer: groß, grauhaarig, geduldig. Er spricht ein paar Brocken Deutsch, so auch jetzt.

»Liebes Froileinken Adriana, ihr Tante non gut.«

Tante hat Fieber und mag nicht essen. Kein gutes Zeichen. Seit sie sechzig ist – da war ich zwanzig –, mache ich mir Sorgen, dass sie stirbt. Seit sie fünfzig ist, wünsche ich mir, dass alle anderen früher sterben als sie. Erst mein Onkel, dann meine Mutter, dann mein Vater. Als Letzte sie. So die von mir erstellte Reihenfolge. Bis darauf, dass meine Mutter nach meinem Vater gestorben ist, ist alles genauso eingetreten. Ich fühle mich nicht allmächtig, das Universum hat mir nur brav zugehört. Dann allerdings hat es sich einen Scherz erlaubt und tut so, als wollte es Tante gar nicht mehr sterben lassen. So ist das, wenn man unbefugt mitreden will beim Universum und seiner Planung.

Jetzt aber geht es ihr nicht gut. Ich weiß, sie ist zäh, und ich vermute, sie wird dem Tod einmal mehr von der Schippe springen, aber sicher bin ich mir nicht. Die Abstände, in denen sie sich zu verabschieden scheint, werden immer kürzer.

»La posso parlare? Kann ich sie sprechen?«, frage ich den Arzt.

»Versuchen Sie es«, antwortet dieser.

»Tantchen, Zia, come stai?«

»Chi è?«

»Ich bin's, Teta Jele! Adriana!«

»Adriana? Nie gehört!«

»Ich bin's! Deine Nichte! Tante!«

»Ich habe eine Nichte?«

»Tante, ich lege auf!«

»Ach, mein Liebes, du bist es! Wie geht es dir?«

»Tante, mir ist heute wirklich nicht nach Scherzen. Diesmal mache ich mir Sorgen! Du bist die Kranke, Zia, mir geht es gut!«

»Ich bin doch nicht krank. Ich huste, aber das kommt vor. Was für ein Theater die hier machen um das bisschen Husten. Sie haben Angst. Dabei müsste ich Angst haben. Habe ich aber nicht. Hihi.«

»Alle sorgen sich eben um dich. Sei froh.«

»Nu, wie geht es dir wirklich, Adriana?«

»Mir geht es noch lange nicht so gut wie früher.«

»Und früher? Wann soll das gewesen sein?«

»Früher, als ich glücklich war!«

»Glück? Das ist Fiktion, meine Kleine.«

»Wie soll es mir gut gehen, wenn du Fieber hast?«

»Hör auf. Lass uns Wichtigeres besprechen. Wenn ich sterbe, möchte ich auf keinen Fall neben meinem Mann begraben werden, hörst du? Auf keinen Fall, denn er liegt in der Familiengruft, neben seiner Mutter Anita. Von meiner Schwiegermutter hatte ich schon zu Lebzeiten genug. Ich will nicht in dieses Grab. Hörst du?!«

»Ja doch. Ich höre dich. Das hast du mir alles schon erzählt.«

»Mag sein, aber jetzt ist es wichtig. Du sollst mich auf dem jüdischen Friedhof in Mantua begraben. Du weißt, wo er ist?«

»Ja, gegenüber der Tankstelle, nah dem Sparafucile. Dir geht es wirklich nicht schlecht, wenn du …«

»Genau dort. Oder du lässt mich verbrennen.«

»Verbrennen ist uns Juden verboten, das weißt du schon?«

»Na, was soll Gott dann noch machen, wenn ich tot bin? Mich strafen? Also, verbrennen, und meine Asche soll in den Gardasee und in die Adria gestreut werden …!«

»Dafür brauche ich zwei Wochen Urlaub.«

»Die werden dir guttun und mir auch.«

»Aber wie soll ich dich auf zwei unterschiedliche Weisen begraben? Vielleicht entscheidest du dich für eine Variante?«

»Lass mich jetzt, ich möchte schlafen. Ich danke dir, dass du angerufen hast. Ich denke immer an dich und deine Jungs. Sei froh, dass du sie hast. Schau mich an. Ich habe keine Kinder …«

»Du hast mich! Und meine Jungs.«

»Ja. Ich habe dich. Und deine Jungs. Haben sie endlich fertig studiert?«

»Na ja, fast …«

»Sie werden nie fertig! Du hast recht, ich möchte mich jetzt doch ausruhen.«

»Tante …«

»Keine Sorge, ich sterbe noch nicht, nicht heute.«

»Abgemacht?«

»Abgemacht.«

Leichter Regen hat eingesetzt, meinen Rosen tut das gut, dem trockenen Berliner Sandboden ohnehin. Auch diesmal wieder Entwarnung, Tante lebt noch, sie scherzt sogar. Auf der kleinen Herdplatte in meinem Zirkuswagen kocht der Espresso hoch, zur Beruhigung. Ich zittere.

Natürlich kann ein Mensch, der so alt ist, von einem Tag auf den anderen sterben. Schon jüngeren ist es so ergangen. Ich weiß das und weiß es nicht, so ist das mit Tatsachen, die man nicht wahrhaben möchte.

Obwohl sie sich immer häufiger verabschiedet, ist sie gleichzeitig so präsent wie noch nie. Sie zieht Bilanz, sie rechnet ab, sie ist wirklich gründlich. Tante ist im Grunde ein Elefant. Sie vergisst nichts. Während ich noch im Unbewussten grabe, wie wohl meine diversen Ex-Freunde hießen – Tante weiß es. Sie kann nach wie vor Telefon- und Kontonummern auswendig, Kochrezepte, Gedichte. Sie erinnert sich an unwichtige Begebenheiten und natürlich an jede Kränkung, die ihr zeitlebens widerfahren ist, und das sind so einige.

Nur das Kurzzeitgedächtnis spielt ihr gelegentlich einen Streich.

Die Rosen um meinen Zirkuswagen duften nach dem Regen wie verrückt, und ich weiß nun einmal mehr, wo und wie Tante beerdigt werden möchte. Wie sie aber bis dahin leben wird, ist viel besorgniserregender. Sie kann schon so lange nicht raus, meine Zietta. Wie leid mir das tut. Dabei liebt sie die Natur, liebt es, sich zu bewegen. Sie war immer schrecklich aktiv und selbstständig. Sie ist fassungslos, dass sie ausgerechnet kurz vor ihrem Ende drinnen eingesperrt ist, aber gleichzeitig trägt sie es mit einer großen Ruhe und Grandezza. Ich bewundere, wie sie das macht. Ich bin regelmäßig versucht, nach Italien zu fahren, im Heim die Scheiben einzuschlagen und sie rauszuholen.

»Was soll mir die Malattia anhaben? Ich bin fast hundert und war im KZ«, sagt sie den Pflegerinnen, die überhaupt nichts verstehen. Sie glauben, sie denkt sich das aus mit dem Lager, und lächeln sie milde an.

Der Espresso tut mir gut.

Wie lange wird Tante noch leben? Wann werde ich die Erinnerungen nicht mehr teilen können? Es ist verrückt, was bleibt und was geht. Was Bedeutung bekommt oder verblasst.

Ich mag sie nicht immerzu anrufen, wenn ich jetzt bei dir säße, Teta Jele, würde ich dir meine Erinnerungen erzählen:

Als ich klein war, wohntest du mit Giorgio, deiner Schwiegermutter und ihrer Schwester, der verrückten Valeria, in dieser Villa etwas außerhalb von Mantua. Der Garten war riesig und die Rosen dufteten herrlich. Wie meine hier. Vielleicht fällt es mir deshalb heute ein. Giorgio hatte das Haus entworfen, verwinkelt war es und voller Geheimnisse. Ich schlich mich oft in dein Schlafzimmer, dort gab es viele Schubladen. Fläschchen, Parfüms, Cremes und vor allem unendlich viele halb leere Lippenstifte. Lippenstifte waren dein Faible. Es roch wie in einer sehr erlesenen Drogerie. Ich probierte sie alle aus, die Cremes, die Lippenstifte. Wie eine feine Dame fühlte ich mich. Da war ich neun. Heute kaufe ich, wann ich kann, einen neuen Lippenstift. Was auch immer passiert, meine Lippen leuchten.

Eine steile Treppe führte zu einem Dachzimmer. Dort hattest du Flaschen gesammelt. Es gab welche aus Kristall und einfache Weinflaschen. Große und kleine, in ihnen brach sich das schwache Licht, das durch die Dachluke hineinfiel. In der Nähe der Flaschen stand ein Plattenspieler. Tanzten die Flaschen nachts, wenn wir schliefen? In einem Schrank am Ende dieser Kammer hing ein langes türkisfarbenes Kleid, ein bisschen verblasst, aber noch sehr schön. Dein Ballkleid. Wie hat das bitte schön den Holocaust überstanden und vor allem, wo? Wer rettet so was?

Und daneben lag Giorgios Gewehr. Er war ja desertiert, hatte es also nicht zurückbringen können. Keiner wird ihn danach gefragt haben. Ein Ballkleid und das Carcano-Mehrladegewehr als stumme Trauzeugen auf dem Dachboden. Ich habe sie oft angeschaut, auch anprobiert, Kleid und Gewehr. Beide waren mir zu groß. Das Gewehr war nicht geladen. Glaube ich.

Wurde Kennedy nicht mit einem Carcano-Mehrladegewehr umgebracht? Kennedy und Robert Redford waren deine Favoriten. Schöne Männer. Im Freiluftkino in Rimini haben wir den *Großen Gatsby* angeschaut. Mehrmals. Am Ende hast du immer geweint.

Wir sind am Meer. Immer wieder. Die Strände wechseln, aber wir sind immer wieder am Meer. Am frühen Morgen, der Wind ist noch frisch. In der Mittagshitze mit altmodischen Hüten, im Schatten von Pinien. Du schwimmst hervorragend. Mit sechzig und mit achtzig, mit neunundneunzig sehe ich dich das letzte Mal ins Wasser steigen. Fast wärst du abgerutscht, lieber hast du einen Kopfsprung gemacht und bist davongekrault. Am Strand die fassungslosen Gesichter der Touristen.

Wir gehen unter den Portici in Mantua einkaufen. Wir probieren Schuhe und Kleider an. Eine probiert, die andere kommentiert: Gut. Wunderbar. Geht so. Schrecklich. Zieh es sofort aus.

Du hast einen ausgezeichneten Geschmack und sich gut zu kleiden ist für dich Ehrensache. Lieber nur ein Kleidungsstück kaufen, aber dafür ein erlesenes.

Du bist über neunzig, musst sitzen, man räumt dir einen Stuhl frei. Du siehst kaum etwas. Aber du hast dennoch ein unfehlbares Urteil. Was ich mit dir kaufe, passt. Was ich nicht nehme, vermisse ich nicht. Zu Hause überprüfen wir unsere Einkäufe, sind stolz auf die Schnäppchen und genauso stolz auf die teuren Einzelstücke.

Du kochst für die geistig behinderte Valeria. Für deinen Mann. Für mich. Du kochst für meine Freunde. Für meine Schulklasse, nach meinem Abitur sind wir alle zu dir gefahren. Das war dein Geschenk. Wir sind dreißig und essen in zwei Gruppen. Die einen um achtzehn Uhr, die anderen um zwanzig Uhr. Zwei Wochen lang bekochst du uns. Unglaublich. Alle sind noch heute voll des Lobes. Du bist eine großartige Köchin. Und du lässt nicht mit dir spaßen, wenn es ums Kochen geht. Keiner darf an deinen Herd, aber gute Esser sind willkommen.

Das Essen hat angefangen anzubrennen, als du neunzig wurdest. Ich habe mich nicht getraut, es dir zu sagen, heimlich habe ich die Töpfe ausgekratzt und poliert. Das war das erste Zeichen für den Zerfall.

Ist heute Mittwoch? Mittwochs lief immer eine doppelte Folge *Fürstenhof. Sturm der Liebe.* Auf Italienisch: *Tempesta d'amore.* Eine deutsche Serie, habe ich schrecklich gerne geschaut. Sie lief jeden Nachmittag eine halbe Stunde und mittwochsabends eine Stunde lang. Alles spielte in einem Hotel in den Bergen, Liebesdramen bei herrlichem Schnee oder zwischen Wiesenblumen. Die Folgen ähnelten einander, aber das tun die Tage und Wochen inzwischen auch. Mittlerweile kann ich nichts mehr im Fernsehen erkennen, also denke ich mir im Kopf Folgen aus. Traurige oder dramatische. Ich bin ganz gut im Fantasieren, und die Zeit vergeht.

Adriana hat sich immer lustig gemacht, wie man so etwas über dreitausend Folgen lang schauen kann. Warum nicht? Das Judentum ist über 5780 Jahre alt und streckenweise auch eine Schmonzette, trotzdem hört keiner auf, darüber zu reden. Verrückt, wie gut ich mir Zahlen merken kann.

Jetzt schaut meine Nichte selbst fortwährend Serien und predigt bei jeder einzelnen, es sei die beste. Sie hat mir von einer Serie über eine jüdische Familie erzählt, in der der Familienvater eine Frau wird und das komplette Familiengefüge durcheinanderbringt. Keines der drei erwachsenen Kinder weiß plötzlich mehr, wo es sexuell steht, die eine Tochter wird lesbisch, der Sohn hat Bindungsangst. Und die Mutter ist auch keine Mutter mehr, sondern eine Ko-Mutter, weil es plötzlich zwei Mütter gibt. Gar nicht so einfach, aber nicht uninteressant. Mich würde es vermutlich etwas verwirren. Schon als Serie. Da hat es Adriana mit ihrer klassischen Trennung doch vergleichsweise traditionell erwischt.

Dann hat sie eine Serie geschaut, wo ein jüdisches Mädel Komödiantin wird. Dort nennen sie es Stand-up. Aus dem Stegreif Witze machen ist die Aufgabe. Ich weiß genau, warum meiner Nichte das gefällt. Sie steht auch ständig auf und ist frech und witzig. Manchmal auch nur frech.

Es gibt eine Serie über zwei alte Damen, die von ihren Ehemännern nach vierzig Jahren verlassen werden, weil diese homosexuell geworden sind. Die eine ist furchtbar geliftet, die andere raucht viel Marihuana, aber sie ziehen zusammen, machen es sich nett und erleben eine Menge. Ein bisschen forciert, aber diese Geschichte würde ich gerne sehen. Es freut mich, dass meine Nichte sich das anschaut, vielleicht lernt sie daraus, was das Leben noch zu bieten hat.

Dann gibt es diese Geschichte über eine Affäre, wo anschließend kein Stein mehr auf dem anderen steht. Na bitte, dazu brauche ich keine Serie, das kann ich auch ohne Serie prophezeien. Alles Serien aus Amerika. Viel Jüdisches ist dabei. Dort scheinen sie sich am Familienleben im Kleinen und Großen abzuarbeiten. Auch in meinen letzten hundert Jahren war die Familie das Zentrum. Ich habe mir oft vorgestellt, was gewesen wäre, wenn ich in einer anderen Familie auf die Welt gekommen wäre. In einer deutschen zum Beispiel.

Alles wäre anders gelaufen.

Was, wenn mich ein kanadischer Soldat aus dem Lager geholt hätte? Ich würde Schlittenhunde züchten. Viele.

Was, wenn ich gar nicht ins Lager gekommen wäre?

Alles wäre anders gelaufen. Für mich. Und meine Nichte. Vielleicht gäbe es sie dann gar nicht, weil meine Schwester nach Waikato ausgewandert wäre und eine Liaison mit einem Maori angefangen hätte?

Ein anderes Epizentrum, ein anderes Erdbeben, ein anderes Leben.

Es ist wirklich erstaunlich, aber ich habe kochen gelernt. Bisher war ich eine Niete und bei jeder Gelegenheit im Restaurant. Als alle Lokale schließen mussten, Georg mich verließ und die Tante im Heim festsaß, blieb mir nichts anderes übrig, als kochen zu lernen.

»Ich habe eine riesige Gans gekauft, über sechs Kilo schwer, sehr glücklich in Brandenburg aufgewachsen. Für Gänse ist Brandenburg ideal.«

»Du isst eine Gans im Frühling?«

»Warum nicht, Tante? Ich esse ja auch immer noch die Dominosteine vom Weihnachtsmarkt.«

Tante geht es seit ein paar Tagen gut. Es ist ein Auf und Ab. Am Montag dachte ich noch, das war's, und suchte die Nummer von Maffioli, dem Leichenbestatter in Mantua, raus. Mittwoch saß sie schon wieder aufrecht in ihrem Sessel und erzählte Daniela, was in *Tempesta d'amore* alles passieren kann.

Ich gehe mit Tante das Gans-Rezept durch.

»Als du noch mit deinem Mann zusammenlebtest, hattest du Mühe, ein weiches Ei zu kochen. Jetzt bist du nahezu ein Bocuse. Es hat doch alles etwas Gutes!«

»Wenn du meinst.«

»Kochen und essen ist wichtiger, als du glaubst«, macht die Tante unbeirrt weiter. »Kochen ist mütterlich. Jetzt versorgst du endlich dich und die Kinder. Mit knapp sechzig, es wurde aber auch Zeit.«

»Haben sie bei dir im Heim einen Psychologiekurs angeboten?«, frage ich. »Sonst redest du nie so.«

»Nur weil ich recht habe, brauchst du nicht gleich schnippisch zu werden. Und wäre es nicht viel besser, unglückliche Gänse aufzuessen und die glücklichen grasen zu lassen?«

»Du hast recht. Billiger auch. Die glücklichen sind doppelt so teuer. Soll ich dich rausholen aus dem Heim, dich kidnappen und du hilfst mir beim Kochen?«

»Wäre schön, aber ich möchte nicht so lange reisen, weißt du, es strengt mich doch ein bisschen an, das Leben, und Gans ist mir zu fettig.«

»Das verstehe ich, aber ich vermisse dich sehr. Das Fett werde ich abgießen und das ganze Jahr Gänseschmalz haben.«

Wir schweigen kurz.

»Weißt du noch, Zietta«, sage ich dann, »wie ich mal einen Leihwagen bekommen habe, der viel zu groß war?«

»Was hat das jetzt mit der Gans zu tun?«

»Nichts, aber es fällt mir gerade ein. Man hatte mir ein Cabrio gegeben, ich habe dich abgeholt, wir lagen praktisch auf den Sitzen. Du hattest ein Tuch um den Kopf wie Grace Kelly und der Hund auch. Der saß auf deiner Brust, es hat uns fast weggeweht und ich habe immer zu dir rübergeschrien: Da ist Affi. Da vorne Verona. Und jetzt sind wir fast in Mantua! Wir konnten beide kaum rausschauen, so riesig war der Wagen und so tief lagen wir in den Sitzen. Es war so lustig.«

»Stimmt, es war ein sehr vornehmes Automobil.«

»Ich könnte mit so einem kommen?«

»Bis nach Berlin im Cabrio? Bei aller Liebe, nein!«

Wir legen auf. Ich mache mich an der Gans zu schaffen. Tante fällt es schwer zu glauben, dass ich wirklich koche. Im Vergleich zu ihr sind alle Amateure, allen voran ich. Dabei war sie selbst irgendwann nicht mehr ganz auf der Höhe ihrer ambitionierten Kochkunst. Und trotzdem kochte sie unbeirrt weiter, es kam dabei durchaus vor, dass die komplette Mahlzeit ein Desaster wurde. Bis dato unvorstellbar. Wenn sie es merkte, war es ihr sehr peinlich, und heimlich warf sie das Verkochte fort.

Im Grunde hat der Zerfall schon viel früher begonnen. Vielleicht ein, zwei Jahre bevor sie fiel und sich den Oberschenkelhalsbruch zuzog. Schon lange vor den gelegentlichen Koch-Ausfällen suchte sie ständig nach Dingen.

Aber wer tut das nicht? Sie war schon immer eine Spezialistin im Verlegen von Dingen gewesen, aber nun nahm es neue Dimensionen an. Sie wurde besonders hartnäckig darin, die Sonnenbrille, den Autoschlüssel, das Portemonnaie zu vermissen. Wir krochen auf dem Boden herum, kletterten auf Leitern, suchten in und auf Schränken, unter und in Autos, im Gras und im Wasser. Die Gegenstände tauchten wieder auf, an den überraschendsten Stellen, jemand hatte sie dorthin gebracht. Nur wer? Keine Ahnung, behauptete Tante. Sie hatte damit nichts zu tun. Manche Dinge tauchten nie wieder auf. Aber auch Menschen verschwinden, sagte Tante resigniert und gab die Suche auf.

Manchmal wurden Nachbarn beschuldigt. Sie hatte sie im Hof gesehen, wie sie erst glotzten und sich dann verstohlen davonmachten, schwere Taschen mit sich schleppend.

Was war darin? In Italien wird viel gestohlen, das weiß jedes Kind. Und die Berlusconi-Sender tun nichts anderes, als dieses Klischee zu bestätigen, die Angst zu schüren. Tante saß Stunden vor dem Fernseher und saugte die furchterregenden Nachrichten auf. Den Sendern Canale 5 und Rete 4 zufolge zogen Banden durch die Städte, die es vor allem auf alte, alleinstehende Damen abgesehen hatten. Nachts lief Tante murmelnd durchs Haus, das weiße Haar wild um den Kopf, jeder Dieb hätte einen Herzstillstand bekommen, wäre sie ihm derart gegenübergetreten. Auch Einbrecher haben es nicht leicht.

Dann kam die Zeit der »Faschisten«. Tante hatte lange Italia 1 geschaut, im Anschluss alarmiert am Fenster gesessen, und obwohl es in Mantua von Oktober bis März so neblig ist, dass man die eigene Hand nicht vor Augen sieht, wollte sie eine blonde Frau bemerkt haben.

Diese blonde Frau, so die Tante, drücke sich nachmittags unter dem Torbogen, dem Eingang zu Tantes Wohnung in Mantua, herum und führe genau Buch über ihren Tagesablauf. Genauso wie in der Italia-1-Reportage!

Die Blondine warte nur darauf, bis sie, die Tante, mit dem Hund rausging, um ins Haus zu steigen und ihren Schmuck zu klauen. Den aber hatte die Tante so gut versteckt, dass sie ihn selbst nicht wiederfand. Versteckt oder geklaut, das ließ sich nicht mehr so genau sagen. Er war definitiv weg. Die blonde Frau sah aus wie eine Nazibraut, wusste die Tante zu berichten, sie musste wissen, dass Tante Jüdin war, da gab es kein Vertun. Tante war sich ihrer Sache absolut sicher. Das zu hinterfragen führte nur zu Streit.

Tante war so verzweifelt, dass sie einen Detektiv anheuerte, der eine Kamera installierte und dreißig Euro Miete pro Tag verlangte. Lange verheimlichte sie es mir, bis es ihr wohl selbst mulmig wurde. Sie druckste herum, sie hätte jemanden beauftragt, aber nun sei sie unsicher und wisse auch nicht mehr so genau, seit wann diese Kamera installiert sei, über vier Wochen sicherlich. Ich japste nach Luft. An die tausend Euro würde die Tante zu zahlen haben, rechnete ich ihr vor, sie wurde sehr blass. Ich fand, der Detektiv sei ein Verbrecher, wenn er eine alte verschreckte Dame derart ausbeutete.

»Nein!«, sagte die Tante, er sei ein Maresciallo dei Carabinieri im Ruhestand. Er sei zwar erst fünfzig, aber der Dienst bei den Carabinieri sei so schrecklich aufreibend gewesen, dass er früher habe aufhören müssen zu arbeiten, Frührente sozusagen, eine Art Burn-out.

Das überzeugte mich nicht und wir vereinbarten einen Termin in seiner Detektei.

Es war Mitte August, die winzige Mansarde im vierten Stock erreichten wir verschwitzt und außer Atem. Tante wackelte mit dem Köpfchen, fiel nicht in Ohnmacht und beschwerte sich auch nicht weiter. In einer Glasvitrine hatte der ehemalige Maresciallo seine Mütze und seinen Säbel aufgebahrt, hinter seinem Schreibtisch saß er, umschlungen von einer attraktiven Brünetten. Diese lächelte breit und bot an, Tantes süße Bologneser-Hündin zu adoptieren, wenn Tante nicht mehr wäre. Tante winkte indigniert ab.

Der Maresciallo hatte inzwischen den Videorekorder zum Laufen gebracht und zeigte mir bereitwillig und ausgesprochen jovial das Video, stolz ob der genialen Einstellung. Die Kamera hatte er strategisch so platziert, dass man den ganzen Tagesablauf der Tante sehen konnte. »Mit einem Panoramaobjektiv und dem richtigen Winkel im Flur«, gab er fachmännisch zum Besten.

Man sah Tantchen, wie sie mit dem Hund ausging, schwer beladen mit Tüten aus dem Supermarkt in der Küche verschwand. Gegen Mittag kam sie wieder aus der Küche, es gab Fisch. Ich spulte vor, am nächsten Tag sah ich sie Fleisch essen. Immer gab es als Vorspeise Pasta. An manchen Tagen hörte man die Nachrichten, an anderen *Tempesta d'amore.* Ich spulte weiter vor, Tante machte sich nachmittags einen Kaffee, eilte zur Toilette oder suchte fieberhaft nach irgendwelchen Dingen. Ich spulte wieder vor. Der Hund winselte. Sie saß mit dem Rücken zur Kamera, im Wohnzimmer, die Tür zum Flur hin weit offen, schaute einen Film mit Alberto Sordi, kicherte fröhlich vor sich hin. Es gab Huhn mit Kichererbsen, später telefonierte sie mit dem Detektiv, während der Hund sein Geschäft hinter dem großen Blumentopf verrichtete. Er hatte es wohl nicht länger halten können. Manchmal saß Tantchen auch nur da, schaute aus dem Fenster, als würde sie sich von diesem Jahrhundert verabschieden, bisweilen schlief sie auf dem Sofa ein. Von Einbrechern keine Spur. Nicht einmal ein verdächtiges Klopfen an der Haustür. Nichts.

Tante und Ex-Maresciallo waren sich einig, Detektivarbeit erforderte Geduld, die ich definitiv nicht hätte. Man müsse unermüdlich und aufmerksam die zweihundert aufgezeichneten Stunden anschauen. Er würde uns rasch einen Espresso machen.

»Nein!«, schrie ich. »Keinen Espresso, Schluss mit dem Mist!«

Wenn man die Kamera noch weitere vier Wochen aufnahmebereit stehen ließe, bekäme man die Einbrecher sicher vors Objektiv, machte der Detektiv unbeirrt weiter. Vielleicht schon nach drei Wochen, möglicherweise aber auch erst nach acht. Die diebische Nazibraut sei schon so gut wie festgenommen.

»Verbrecher lassen sich gerne filmen«, fügte der Ex-Carabiniere hinzu, man müsse nur in die Politik schauen oder zur Camorra. Sei nicht *Der Pate* von Coppola sogar ein Dreiteiler? Man solle die Kamera auf jeden Fall noch ein paar Wochen installiert lassen.

Ich drohte, den Detektiv zu verklagen, wenn er nicht sofort die Kamera abmontierte. Der Ex-Maresciallo dei Carabinieri und die Tante waren schwer gekränkt. Ich schlug meiner Tante vor, das Material bei einem Filmfest einzureichen, vielleicht würde sie dort mehr gefeiert werden als von mir.

Drei Wochen lang sprach sie kein Wort mit mir.

Stattdessen wählte sie die Lega Nord, weil Berlusconi ihr mehr helfen würde als ich. Er würde die Nazis dingfest machen. Ich sagte, die Lega Nord sei sehr weit rechts und hätte faschistische Züge. Ihre Mitglieder wären die Ersten, die sie als Jüdin des Landes verweisen würden. Das wollte sie mir nicht glauben. Stundenlang hörte sie den populistischen Reden Salvinis zu. Irgendwann endlich wurden seine Reden derart flächendeckend antisemitisch, dass Tante voller Empörung den Fernseher abschaltete und sogar *Tempesta d'amore* verpasste.

Dann kam die Besteckphase. So jedenfalls nannte ich sie. Diebe hätten ihre kleinen Löffel mitgenommen, wütete sie. »Was hast du nur mit diesen kleinen Löffeln? Immer geht es um diese kleinen Löffel. Bitte, Tantchen, wer sollte deine Löffelchen mitnehmen statt echter Kostbarkeiten? Die silbernen Kerzenleuchter zum Beispiel? Oder die vergoldete Teekanne?«, fragte ich sie wiederholt. Sie lächelte maliziös und erwiderte: »Wer? Na derjenige, der kleine Löffel braucht!«

Ich gab zu, dass kleine Löffel schnell und oft verschwinden. Sie fehlen schneller als große Löffel oder Gabeln. Wie einzelne Socken, die in der Waschmaschine abhandenkommen. »Ich glaube, es muss eine besondere Anziehungskraft im Weltall für Socken und kleine Löffel geben. Und irgendwo im Universum sind Socken, Löffelchen, Feuerzeuge, Ladegeräte, Lippenstifte, überhaupt all die Dinge versammelt, die man immer wieder sucht. Ein großer Haufen. Und alle Jahrtausende macht Gott eine Party und die Kostbarkeiten werden meistbietend versteigert.«

Darüber konnte Tante gar nicht lachen.

Eine Weile war Ruhe. Tante reiste nach Gallipoli, aß Fisch und sonnte sich. Wenn sie vom Meer zurückkam, sah sie aus wie ein Indianerhäuptling, gegerbte dunkelbraune Haut und weiße Mähne. Ich ging sie am Meer besuchen. Wir schlenderten über den Fischmarkt, kauften Muscheln und hörten dem Meeresrauschen zu. Dort berichtete sie, auf ihrer Etage wohnten Mafiosi – das sei im Süden normal –, die keine Manieren hätten. Ständig höre man sie fluchen, aber sie sei uninteressant für diese Typen. Ein zu kleiner Fisch.

Am Tag vor unserer Abreise, die Koffer waren schon gepackt, war ihr gesamtes Bargeld fort, gestohlen. Es war

Nachmittag, aber noch sehr warm. Wir begannen das Geld zu suchen, das in einem Umschlag hinter dem Goldrand-Service von ihr versteckt worden war. Dort war es nicht mehr. Auch nicht im Eisfach, nicht im Müll. Wir krempelten unser Gepäck um, die Bettwäsche, die Ritzen zwischen den Sofakissen. Der Schweiß rann uns in Bächen herunter, in der Wohnung waren es mindestens vierzig Grad.

Wir klingelten bei den Mafiosi-Nachbarn, fragten irgendetwas Beiläufiges, schauten uns ihre Gesichter ganz genau an.

Wir suchten bis neun Uhr abends. Dann ging die Tante auf die Toilette und sah, dass sie das Geld in einer Bauchtasche umgeschnallt hatte. Sie pinkelte, fiel kurz darauf erschöpft ins Bett und schlief so tief und fest, dass ich kurz fürchtete, sie sei tot.

Am nächsten Morgen gingen wir vor unserer Abreise mit dem Hund raus. Auf einer Parkbank fing sie an zu weinen. Ab jetzt würde ich ihr bestimmt nichts mehr glauben, dabei sage sie die Wahrheit. Sie würde wirklich überall und immer schrecklich bestohlen. Sie tat mir unendlich leid. Ich spürte ihre Not, aber sie hatte recht.

Immer wieder ging ich es mit meiner Therapeutin durch:

Vielleicht liegen wir alle falsch und nur Tante ist im Recht? Frau Dr. Luise ist nicht ganz billig, aber sehr entschieden: Tante leide an einem Wahn, und das Entscheidende am Wahn sei, dass er sich nicht durch die Wirklichkeit widerlegen lasse. Im Gegenteil. Das Trauma der Tante, dass sie schon einmal im Leben alles verloren hatte, dass man sie verraten und eingesperrt hatte, werde immer wieder neu geschürt, immer wieder neu durchgespielt. Eben auch durch Diebe, die ihr Unrecht täten. Wie damals die Faschisten. So funktioniere ein Trauma. Dazu brauche es überhaupt gar keine echten Diebe. Die Vermutung reiche schon aus. Tante werde getriggert, Angst, Panik schössen in die Blutbahn, das Gehirn schalte dabei auf Durchzug. Das Gefühl, alles sei wieder wie damals, mache sich breit. Das Schlimme daran sei, dass sie dieses schreckliche Trauma vermutlich immer wieder selbst reproduziere. Denn darin kenne sie sich aus, das sei ein bekanntes Gefühl. So schrecklich es sich anfühle, so vertraut sei es eben auch. Im Grunde seien alle Geschichten eine Geschichte: Das alte Unrecht werde immer und immer wieder durchgespielt.

Was für ein erniedrigender, strapaziöser Kreislauf!

Fazit: Tante leidet, aber ist sich sicher, sie sei normal und sehe klar, alle anderen hätten einen Wahn. Das ist anstrengend. Ich weiß nicht mehr, was ich glauben, geschweige denn tun soll. Am besten gar nichts. Warten, weiterleben und das Fett der Gans abgießen. Ich pikse vorsichtig in sie hinein. Sie ist zart und vollkommen. Meine Söhne werden staunen.

Adriana kocht im Frühling Gans. Ständig behauptet sie, ich sei alt, taub und blind, aber dass sie im Frühling Gans macht, findet sie normal. Sie ist meschugge, meine Kleine, und merkt es nicht einmal. Sie ist die Nervöse, nicht ich. Ständig geht sie spazieren, alle Berliner Parks hat sie schon mehrfach durch, und sie zählt die Tage bis zu meinem Hundertsten. Als ginge es um Leben und Tod.

Sie möchte dabei sein, aber ich fürchte, das wird nicht möglich sein. Wir dürfen immer noch keinen Besuch empfangen. Es scheint, als wäre draußen eine Art Krieg. Ich muss ihnen wohl glauben, alle machen permanent betroffene Gesichter und sagen, die Alliierten werden uns diesmal nicht retten. Wenn nicht einmal die Amerikaner etwas ausrichten können, muss es schlimm sein. Meine Schwester war klug, sie ist schon vor sechzehn Jahren gestorben. Ihr Mann auch. Giorgio vor fünfundzwanzig. Sie würden mir nicht glauben, wie sich das hier unten entwickelt hat. Das ist eben auch ein Problem, wenn man zu alt wird: Man erlebt Dinge und Situationen, die nicht mehr für einen bestimmt sind. Ich habe eine Generation zu lange gelebt. Beim Fax, spätestens beim Mobiltelefon hätte Schluss sein können. Heute soll ich »skypen«, sagt Irina. Da würde ich meine Nichte im Telefon sehen.

Es klingt komisch, aber ich freue mich auf meinen Geburtstag. Ich hätte gerne groß gefeiert. Nicht ganz groß, es leben nicht mehr viele Bekannte, aber mit meiner

Nichte, ihren Söhnen, in einem feinen Lokal. Sie finden mich »amazing«, was ich auch wirklich bin.

In Abano Terme haben wir mit den Kindern und Adrianas Ex-Mann meinen neunzigsten Geburtstag gefeiert. Wir tranken Champagner und sie hatten eine Torte organisiert mit neunzig kleinen Kerzen darauf. Schön war das. Früher war ich nicht so dankbar, heute erfreue ich mich an kleinen Gesten.

Giorgio hatte Anfang April, meine Kleine kurz darauf Geburtstag. Giorgio hat sie fürchterlich aufgezogen, dass es besser sei, an seinem Geburtstag mit zu feiern, als bis zu ihrem zu warten. Sie hat schrecklich geweint. Ist auf den Feigenbaum hoch, wollte partout nicht wieder runter. Nachmittags hat Giorgio einen Korb mit vier frisch geborenen Kätzchen unter den Baum gestellt, die er von einem Bauern mitgebracht hatte. Adriana war entzückt. Sie machten Frieden. Die Kätzchen bekamen Junge. Später tobten mitunter vierzehn Katzen durch unseren Garten.

Inzwischen hat Adriana eine Katzenhaarallergie, für sie kommen nur noch Hunde in Frage.

Ich hatte ihr zum Geburtstag einen Blumenmuster-Bikini geschenkt. Bis sie zu groß für ihn wurde, hat sie ihn getragen. Er stand ihr wirklich gut. Orange mit braunen Blumen.

Natürlich ist es schade, dass ich ohne Adriana feiern werde, aber ein Drama, wie sie eines daraus macht, ist es wahrlich nicht. Der Hundertste ist besonders, ohne Frage, aber er wird kommen und gehen, mit oder ohne meine Nichte. So oder so. Am Ende ist man ohnehin allein. Ich muss es ihr schonend beibringen, sonst macht sie ein Riesentheater. Fortwährend besucht sie irgendwelche Therapeuten, aber wenn es darauf ankommt, wird sie nervös.

Seit Stunden grabe ich mich durch Tantes Papiere. Sie hat mich gebeten, alles durchzugehen, sie will Ordnung schaffen. Es ist nicht einfach. Das Telefon ist noch auf Giorgios Vater angemeldet, ich soll beweisen, dass dieser tot ist und dass auch Giorgio nicht mehr lebt, dann darf ich es abmelden.

Was soll's. Ich behalte es einfach. Ich sehe es vor mir, schwarz, mit schwerem Hörer hängt es an der Wand in Tantes vollgestellter Wohnung. Wenn es klingelt, weckt es Tote.

Tantes Wohnung gleicht einem Antiquitäten-Lager. Dutzende von Kommoden zum Bersten gefüllt. Nichts ist weggeworfen worden, seit siebzig Jahren nicht. Zeitungen, Bügeleisen, Twinsets.

Als ich die Wohnung meiner Eltern ausräumte, glaubte ich schon zu verzweifeln. Dabei hatten sie nur zwanzig Jahre lang alles gesammelt. Was eine Überforderung für mich sein wird, wenn ich irgendwann auch ihre Wohnung ausräumen muss, ist zugleich Tantes Leben, in Fächern und Schubladen, dicht gedrängt. Seit Jahrzehnten hat sie sich nicht getraut auszumisten. Trotzdem ist sie mutig, immerhin in ihren Gedanken. Sie spielt mit ihren Erinnerungen, aber sie beschönigt sie nicht. Zumindest die will sie vor ihrem Tod aufräumen.

Sie wird hundert werden, einfach so, als wäre das ein Geburtstag wie jeder andere, und ziemlich sicher ohne mich. Die Grenzen sind immer noch zu, sogar das Militär ist in Bereitschaft. Ich muss mich damit abfinden.

Wie lange lebt die Tante schon im Heim? Zu lange. Und doch eine Beruhigung. Bevor sie gestürzt ist, war ich immer im Alarmzustand. Bei meinem letzten Besuch am Gardasee war ich nur kurz joggen, und als ich zurückkam, standen Küche und Wohnzimmer unter Wasser. Sie hatte vergessen, den Wasserhahn abzudrehen. Die Nachbarn von unten klagten, es würde in ihr Schlafzimmer tropfen. Tag und Nacht war ich in Sorge, was wohl als Nächstes passieren würde. Es war, als würde sie das Leben noch einmal richtig herausfordern.

Frau Dr. Luise riet mir, alles aufzuschreiben. Das sei eine sinnvolle Methode, damit sich alte Herrschaften besser orientieren könnten, wenn ihr Gedächtnis streike. Aufschreiben, wann man wieder nach Hause käme, wann man anrufen werde und so weiter. Das Problem dabei war: Die Zettel gingen verloren oder Tante fand die Brille nicht, um sie zu lesen, oder der Inhalt erschloss sich ihr nicht.

Ich hatte einen Tagesausflug auf den Berg direkt hinter unserem Haus am Gardasee geplant, Tante fing gerade an, wunderlich zu werden. Ich sagte ihr, ich würde wandern gehen, sei aber nachmittags zurück. Sicherheitshalber schrieb ich auf einen großen Zettel, in Druckbuchstaben: *Bin wandern. Komme um 16 h zurück. Bacioni.*

Um zwölf Uhr rief ich an, um zu fragen, ob bei ihr alles in Ordnung sei. Tante war in hellster Aufregung. Wo ich denn sei? Sie würde mich seit Stunden überall suchen und habe schon die Carabinieri informiert. Sie ließ sich gar nicht beruhigen. Ich musste die Nachbarin bitten, die Carabinieri zurückzubeordern, sonst hätten sie mich direkt vom Berg abtransportiert.

»Wollen Sie Ihre Tante wirklich schwimmen gehen lassen?«, fragte mich die besorgte und übergewichtige Nachbarin am Seeufer in unserem letzten gemeinsamen Sommer. »Sie könnte untergehen!«

Tante untergehen? Tante ging nicht unter. Im Gegenteil. Sie kraulte wie eine junge Frau Richtung Seemitte. Eher sank jeder andere auf den Grund des Gardasees. Ihre Selbstständigkeit stand über allem. Unantastbar. Auch für mich.

»Das Leben bedeutet generell einen enormen Kraftaufwand und viel Selbstdisziplin, merk dir das, Naniza. Und mit hundert wird es nicht leichter!«

»Naniza!«

»Ja, Zia.«

»Bist du dran?«

»Ja, natürlich.«

»Wollen wir jetzt skypen?«

»Wow, Tante! Gern, aber woher kennst du das denn jetzt?«

»Das spielt doch keine Rolle. Wollen wir?«

Wenig später hält Irina ein iPad vor Tantes Gesicht. Sie trägt ein T-Shirt mit der Aufschrift »Never stop making wishes«, darüber ihre hellgrüne Cashmere-Jacke. Man hat sie gekämmt und ihre Haare hochgesteckt, sie sieht gepflegt aus, wie ein junges Mädchen.

Doch ihre braunen Augen sind trüb, sie sucht mein Bild,

sieht mich nicht, folgt eher dem Gehör, aber auch das nur bedingt. Sie ist dünn wie ein Vögelchen, wunderschön.

»Zia!«, rufe ich. »Woher hast du dieses T-Shirt?«

Sie hört mich nicht, aber sie winkt mir fröhlich zu, bis die Verbindung zusammenbricht.

Ich weiss nicht, dieses Skypen ist merkwürdig. Adriana, ganz verschwommen in einer unmöglichen Bluse. Grün muss man tragen können. Sie hat diesen gelblichen Teint und läuft dennoch in Grasgrün herum. Sobald ich hier raus bin, müssen wir einkaufen gehen. Und die Haare. Jetzt lässt sie sie einfach wachsen. Was ist so schlimm an einem Friseur? Sie sieht aus, als wäre eine Matratze geplatzt. Ich wünschte, ich wäre draußen und könnte sie ein wenig beraten. Stattdessen habe ich diese dauerplappernde Pasqualina im Zimmer.

Ständig klingelt sie nach den Schwestern, möchte das Bett höher, gleich darauf tiefer gestellt bekommen, möchte trinken, um sich regelmäßig zu verschlucken.

Die Schwestern sagen, ich solle mich über die Gesellschaft freuen. Ich wäre sehr viel lieber allein im Zimmer. Ja. Ich bin gerne allein. Freiwillig. Aber allein sein zu müssen ist ganz etwas anderes. Adriana sagt, alle müssten jetzt allein sein, nur Familien dürften sich treffen und häufig nicht mal die. Ihr falle das schwer. Das kann ich mir vorstellen. Wenn sie nicht redet, glaubt sie, tot zu sein.

Als alle aus meiner mantuanischen Familie tot waren, war ich nahezu erleichtert. Erst brauchte meine Schwiegermutter endlos, um aus dem Leben zu scheiden. Dann Valeria. Sie starb und starb ewig nicht, wurde extrem pflegebedürftig, und ich habe sie bis zu ihrem Tod gepflegt. Eine Zumutung. Als alter Mensch sollte man den Jungen nicht zur Last fallen. Unsere Aufgabe ist es, würdevoll zu gehen. Auch wenn es nicht danach aussieht, ich bin wirklich auf dem besten Weg. Es dauert nur noch ein ganz kleines bisschen. Auch bei der Reise nach Jerusalem habe ich immer gewonnen. Giorgio hat seinen Abgang vergleichsweise unspektakulär gestaltet, genau wie sein Leben. Reise nach Jerusalem hat er sicher nie gespielt.

Es war nicht leicht, mit meiner Schwiegermutter zu leben. Sie war eine strenggläubige Katholikin. Als ihr Sohn mit einer großbürgerlichen Jüdin ankam, hätte sie ihn gerne enterbt. Aber ihr Mann Giuseppe war ein feiner Mensch. Er mochte mich, meine Schönheit, und hatte keine Angst, weder vor den Juden noch vor den Faschisten. Er hielt seine schützende Hand über mich, und so blieb ich, mal auf dem Dachboden, mal im Keller. Bis die Amerikaner einmarschierten und ich weinend vor Freude neben ihren Panzern durch die Straßen von Mantua lief. Das war ein großer Moment. Immer wieder lasse ich ihn Revue passieren.

Damals hätte ich einfach gehen sollen. Aber wohin? Nach Zagreb zurück kam für mich nicht in Frage. Allein in die USA? Zu Fritz Epstein nach Australien? Wer wusste, ob er noch lebte? Und konnte ich das Giorgio und seinem Vater antun? Sie hatten ihr Leben für mich riskiert.

Ich blieb und heiratete Giorgio. Und mit ihm seine furchtbare Mutter und dieses ganze kleinbürgerliche Norditalien.

Das ist die ganze Geschichte.

Der Liebhaber kam später, er versüßte mir den Augenblick, mehr nicht.

Als alle tot waren, konnte ich endlich wieder atmen.

Wie schwül es heute ist. Es wird immer wärmer draußen, wir haben Mai und ich bin immer noch hier drin und denke über das Schicksal nach. Und die immer gleichen Geschichten. Das Schicksal. Hat es mich besonders geliebt oder geprüft? Ist die Prüfung ein Zeichen von Liebe? Ich glaube wirklich an all das. Nie hätte ich von mir behauptet, dass ich gläubig bin. Und nun so was.

Ein Sünder kommt zu einem Rabbiner und erzählt ihm, was er alles angestellt hat: die Frau und den Geschäftspartner betrogen, Geld veruntreut und noch mehr.

Der Rabbiner lächelt und sagt: »Ich beneide dich. Du hast es gut.«

»Beneiden? Mich?«, sagt der Sünder. »Bist du meschugge, lieber Rabbi?«

»Nein«, antwortet dieser. »Gott prüft dich. Weil er weiß, dass du es schaffen kannst.«

Wer hat mir den Witz erzählt? Jetzt prasselt der Regen gegen das Fenster. Ein Gewitter entlädt sich. Ich habe mein Leben gelebt. Ich hatte hundert Jahre Zeit, was habe ich daraus gemacht? Es gibt Menschen, die holen mehr raus aus zwei Jahren als andere aus zwanzig, aber worauf kommt es am Ende an?

Meine Nichte handelt nach der Devise: schneller leben. Alles muss sie ausprobieren, als müsste sie so viele Leben wie möglich in eines packen. Eine Zeit lang ist sie in einen Ashram gegangen. Ich habe mir erklären lassen, was das ist. Dort lebten hundert Erwachsene und hundert Kinder und führten ein heiliges Leben. Was auch immer das sein mag.

Es gab anscheinend eine Schule dort und viel Sport. Und ein Hospiz für Aidskranke. Und ein Guru, eine Frau, hielt Vorlesungen. Ein Haufen verlorener Seelen auf der Suche nach sich selbst. Na, Mazeltov.

Adriana hat absurderweise dort geheiratet, gleich zweimal. Immer wieder ihren Georg. Nun ja, auch die zwei Hochzeitszeremonien haben nichts genutzt. Dort lebten viele Ex-Juden. Kann man überhaupt Ex-Jude sein? Ich denke, sie waren Juden, die Hinduismus praktizierten, aber mich fragt ja keiner. Und letztlich ist es auch egal.

»Unconditional Love« sei das Wesentliche, was meine Nichte dort gelernt habe, sagt sie. Lieben ohne Gegenleistung, einfach so. Klingt nach Schwerstarbeit.

Meine Schwester war schrecklich neidisch, dass wir uns so gut verstanden, also hat sie Adriana nach Deutschland verfrachtet, aber nicht zu sich nach Hause, so viel Zeit für Mutterliebe hatte sie gar nicht, sondern in ein Internat. Ich könnte sie jetzt noch, fast sechzig Jahre später, dafür lynchen.

Aber wenigstens kam die Kleine in all ihren Ferien zu mir. Mal mit dem Flugzeug, mal mit dem Zug, ging parallel hier zur Schule, ich habe immer gehofft, sie würde eines Tages ganz bleiben. Ich brachte sie zum Ballett und zum Tennis. Auch wenn man kein Snob wird, gibt es sinnvolle und weniger sinnvolle Sportarten. Meine Schwester insistierte, dass die Kleine Jiu-Jitsu lernt, damit sie sich nachts gut selbst verteidigen kann. Nachts geht man einfach nicht allein spazieren, man nimmt sich ein Taxi. Für meine sozialistische Schwester undenkbar.

Als ich Adriana das erste Mal im Zug nach Deutschland gebracht habe, habe ich gedacht, das Herz würde mir zerspringen. Ich hatte ihr ein hübsches hellblaues Sommerkleid angezogen und mir eine große Sonnenbrille, damit die Kleine meine Tränen nicht mitansehen musste. Wir blieben die ganze Reise über allein im Abteil. Am Brenner musste der Zug lange warten, da habe ich ihr ein Eis geholt. »Come si dice, gelato?«, fragte sie mich leise.

»Gelato heißt auf Deutsch Eis. Und gelato alla fragola heißt Erdbeereis.«

»Erdbeereis«, wiederholte sie zaghaft.

Was konnte das kleine Ding dafür, dass die Erwachsenen ins Exil mussten? Was konnte sie überhaupt für die Weltgeschichte?

Vielleicht ist es generell viel besser, keine Kinder in die Welt zu setzen. Man erspart ihnen einiges. Zum Beispiel die Shoa. Ich habe keine eigenen Kinder bekommen können. Mein Mann war schuld, das zeigten die Tests eindeutig. Nicht zeugungsfähig zu sein war in Italien damals eine Katastrophe. Es gab wenig Schlimmeres. Wir sprachen nicht direkt darüber, aber ich ließ es ihn spüren. Anita, seine Mutter, gab mir die Schuld, hörte nicht auf zu provozieren, bis es auch Giorgio eines Tages genug war. An einem Ostersonntag rief er, dass ihre Schwester Valeria die Behinderte in der Familie sei, nicht ich. Der Papst sprach gerade das Urbi et orbi, der Fernseher war auf maximale Lautstärke gestellt, Giorgio brüllte, seine Mutter schrie, Valeria heulte und die Hunde bellten dazu. Nie wieder kam das Thema auf den Tisch.

Ein paar Monate nach dieser Szene bekamen wir das

Angebot, Zwillinge zu adoptieren. Ein Junge und ein Mädchen, erst drei Wochen alt. Die Adoption war meine Idee gewesen. Wir fuhren nach Volta Mantovana. Tiefste Provinz. Eine Krankenschwester wartete auf uns im Büro des Bürgermeisters. Er selbst war einen Espresso trinken gegangen, wir standen eine ganze Weile allein vor diesen zwei Wesen. Sie waren hübsch, lagen in einem kleinen Korb, ich glaube, wir hätten sie so mitnehmen können, wie Gemüse. Im letzten Moment habe ich einen Rückzieher gemacht. Ich habe mich umgedreht und bin die Treppen runtergelaufen. Fast hätte ich den Bürgermeister umgerannt. Im Café habe ich auf Giorgio gewartet, es hat ewig gedauert, bis er nachgekommen ist. Was hätte ich gemacht, wenn er mit dem Korb vor mir gestanden hätte?

Bereut habe ich es nie, oder jedenfalls habe ich mir das so eingeredet. Man hört so einiges von Adoptionen. Aber so kommt es, dass ich keine Kinder habe, auch keine weitere Familie. Außer meiner Nichte. Und ihren Söhnen.

»Unconditional Love«. Alles andere sei das »Ego«, sagt Adriana, aber da verstehe ich schon nichts mehr. Diese neumodischen Begriffe. »Work-Life-Balance«. Das bedeute, nicht sein ganzes Dasein der Arbeit zu widmen, behauptet meine Nichte. Aber davon ist sie selbst noch meilenweit entfernt.

Braucht es wirklich für alles so viele Worte? Es gibt so viele neue Worte und Werte.

Was einmal wertvoll war, zählt nicht mehr. Hutschenreuther zum Beispiel war früher das Nonplusultra. Heute, sagt meine Nichte, will es niemand mehr kaufen. Porzellan ist weiß. Warum weiß? Das Zwiebelmuster ist doch sehr hübsch! Was wird mit meinen Kommoden passieren? Sie sind sehr wertvoll, oder waren es einmal. Was zählt denn überhaupt noch, wenn Besitz nichts mehr bedeutet? »Unconditional Love« kann man nicht essen.

Adriana sagt, die Menschen teilen jetzt die Dinge. Sie »sharen«. Sie teilen sich sogar die Autos, das sei für die Umwelt gesünder. »Carsharing«. Geht wohl nur auf Englisch. Das mit der Umwelt verstehe ich, aber alles teilen? Man kann auf Sofas von fremden Menschen umsonst schlafen und man kann Arbeit gegen andere Arbeit oder gegen Eier tauschen. Das klingt für mich nach Krieg. Aber sicher, ich bin vorbelastet.

Ich habe im Lager übersetzt, dafür mehr Brot bekommen. Als ich mir mein Brot selber kaufen konnte, habe ich geweint vor Glück. In Zagreb war ich die erste Frau, die einen Führerschein hatte, und einen Wagen. In Italien hatte ich immer meinen eigenen Fiat. Adriana habe ich, kaum hatte sie die Führerscheinprüfung bestanden, sofort fahren lassen, damit sie eine gute Fahrerin wird. Sie hat einige alte Autos von mir geerbt.

Ich teile wirklich gerne. Ich schenke noch lieber. Und ich habe viele italienische Kinder in Deutsch unterrichtet und die Eltern haben mir dafür Gänse zu Weihnachten vorbeigebracht.

All das ist schön. Aber daraus ein Prinzip zu machen?

Meine Nichte sagt, sie braucht nicht mehr so viel. Sie kann sich alles leihen. Mir macht das Angst. Und damit nicht genug, fängt sie manchmal auch noch an, von künstlicher Intelligenz zu reden. Da machen Automaten alles, was wir können. Und noch mehr. Sie können ein Haus putzen und einen Menschen operieren und denken sollen sie nun auch lernen.

Ich war glücklich, als die Waschmaschine erfunden wurde. Als die Geschirrspülmaschine auf den Markt kam, bin ich gerannt, um als eine der Ersten eine zu kaufen.

Jetzt wird der Mensch durch den Computer ersetzt. Man munkelt, dass der Computer sogar fühlen kann. Ach ja? Was denn? Wird er auch so böse sein? So unberechenbar wie ein Mensch? Oder wird er nur dessen gute Seiten abbekommen? Ruhig bleiben, gewissenhaft, selbstverständlich fehlerfrei? Das wird in der Medizin der größte Gewinn sein: ein Chirurg, der keine Fehler macht. Das ist eine Revolution. Ein Mensch ist nie ohne Fehler.

Aber was passiert, wenn etwas Unberechenbares geschieht? Wenn der Strom für zehn Sekunden aussetzt, während der Patient mit aufgesägter Brust auf dem Operationstisch liegt? Wird er weinen, dieser Roboter? Sich hinsetzen und weinen? Oder ist es eine Sie? Eine Roboterin?

Mein Gott, die Welt hat mich überholt. Ich habe immer ein Faible für alles Moderne gehabt, für neue Erfindungen, aber die künstliche Intelligenz wird ohne mich auskommen müssen.

Mir würde es reichen, wenn morgen früh Dr. Bianchi vorbeikäme und sagen würde: »La malattia è vinta, Wissenschaftler haben sie besiegt, Sie können endlich wieder raus, liebe Jelka!« Das wäre für mich die schönste Entwicklung.

Wenn man um sieben Uhr früh joggt, kann man sicher sein, den Schlachtensee für sich zu haben. Eine Runde rennen, kurz baden, und der Tag kann beginnen. Ich gönnte mir am Kiosk einen Cappuccino, ein schönes Ritual. Sorglos. Dann war die Tante am Telefon und ich hörte an ihrer Stimme sofort, dass sie nicht zum Plaudern aufgelegt war. Sie musste die Nacht über gegrübelt haben, hier nun das Ergebnis.

»So geht es nicht weiter mit dir«, verkündete sie um acht Uhr fünfzehn. Sie werde allmählich nervös, die Zeit laufe ihr davon.

»Hai un spasimante?«, fragte sie mehrfach sehr dringlich, und ich sagte, nein, ich hätte immer noch keinen Verehrer. Noch nicht. Ich sei gerade erst beim ersten Cappuccino des Tages.

»Warum nicht? Und komm mir nicht mit: Ich bin nicht mehr so jung.«

»Ich bin sechzig!«

»Gehst du manchmal in die jüdische Gemeinde?«

»Selten.«

»Solltest du aber.«

Mir fiel so früh am Morgen keine passende Entgegnung ein.

»Ich rufe dich morgen um dieselbe Zeit an, dann will ich hören, was du unternommen hast. Versprochen?«

Ich musste versprechen, mich zu bemühen, was ich

ungern tat, aber einer Greisin etwas abzuschlagen ist unterlassene Hilfeleistung. Statt die nächste Operninszenierung vorzubereiten, hängte ich mich also ans Telefon und hörte mich bei meinen jüdischen – allesamt verheirateten – Freundinnen um.

»Mazeltov« heißt die jüdische Partnervermittlung. Mir fiel wieder ein, dass das Schild *Mazeltov since 1969* schon im Gemeindebüro meines Vaters gehangen hatte, als er für ein paar Jahre Vorsitzender der Gemeinde Gießen war. Wenn ich ihn besuchte und auf dem Sofa rumlungerte, fragte ich mich immer, was für Leute wohl dort anriefen und ob »Mazeltov« ihnen wirklich Glück brachte? Die große Liebe, Familie, bis dass der Tod euch scheidet?

Jetzt war ich eine von diesen Leuten. Es war ein bisschen beschämend. Ich war eine Frau ohne Ehemann, ein komplett neuer Status. Ich war Carrie aus *Sex and the City* und Bridget Jones in einem, und jetzt hätte ich Jente aus *Anatevka* gebraucht, eine bewährte Kupplerin, ein Schadchen, die ein Treffen für mich arrangierte, wie es früher üblich war.

Ich bekam einen Online-Termin für den nächsten Tag, zehn Uhr, mit Manuel Walter, dem Schadchen von »Mazeltov«. Die Jungs hatte ich aus dem Haus geschickt, Wimperntusche und Lippenstift aufgelegt. Ab halb elf saß ich aufrecht auf dem Sofa, hinter mir die Bücherwand für den guten Eindruck.

Manuel Walter saß ganz offensichtlich in seiner Küche. Er war mindestens achtzig, stammte aus Uruguay, seit Anbeginn in der Vermittlungsagentur, hatte unzählige Ehen gestiftet. »Der Dudi hat jetzt Kinder mit Nili! Und kennen Sie Mimi? Nu, die ist schwanger von Roman! Toll, nicht?« Er rühmte sich, all das arrangiert zu haben, während hinter ihm die Waschmaschine lief, er musste den Lärm übertönen und schrie, was das Zeug hielt, er hörte sowieso nicht mehr einwandfrei, und ständig rümpfte er die Nase, damit seine Brille nicht in die Kaffeetasse fiel.

Ich sagte: »Mein Mann ist auf und davon, nach dreißig Jahren ...« Das interessierte Manuel wenig, das kenne er alles, das sei gang und gäbe, nicht sehr originell, er müsse jetzt auflegen, der Dachdecker sei zufällig da und Termine mit Dachdeckern seien heilig. Er werde mich in zwanzig Minuten zurückrufen.

Ich machte mir einen Kaffee und begann mit meiner Steuererklärung. Zwanzig Minuten vergingen, vierzig, ich hatte Manuel Walter schon fast vergessen, als er sich nach über einer Stunde meldete. Keine Entschuldigung, stattdessen: »Ein Dachdecker ist ein Dachdecker, und den findet man mühevoller als einen Ehepartner, das können Sie mir glauben!«

Manuel Walter war in Fahrt, er musste die verlorene Zeit aufholen.

»Meine liebe Frau Adriana, ich habe die Lage verstanden und im Griff, Sie sind ja ganz ansehnlich. Hier mein Angebot: Wenn Sie zehntausend Euro investieren, wird es sich auf jeden Fall lohnen. Das ist die Premium-Selektion-Variante. Sollte es zu einem Match kommen, wird die Agentur weitere zehntausend Euro verlangen, aber wer zahlt das nicht gern für die große Liebe? Es gibt natürlich auch die Medium-Variante. Fünftausend Euro und bei Gelingen weitere fünftausend. Auch bei diesem Preis bemühe ich mich, aber die in diesem Becken schwimmenden Fische, sprich Männer, sind, sagen wir mal so, keine SUV. Sie sind Mittelklassewagen, mehr nicht. Dann gibt es noch den großen Pool für dreitausend Euro.« Manuels Stimme nahm einen verächtlichen Unterton an. »Da sind alle anderen drin, aber die Auswahl dort ist etwas verwirrend, wie beim Ausverkauf eben, wo gegen Mittag schon die ganze Ware auf einem Haufen übereinanderliegt. Nicht dass man nicht auch dort Markenware fände, echte Schnäppchen, es ist nur nicht so selbstverständlich und vor allem unübersichtlich. Für zehntausend ist das große Glück für Sie praktisch reserviert. Sie müssen nicht mehr machen, als das Geld zu überweisen und mir zu vertrauen.«

Ich schwieg. Manuels Monolog musste erst einmal verdaut werden.

»Ich habe aber sowieso schon eine Idee«, säuselte Manuel verschwörerisch, »einen Zweiundsiebzigjährigen aus London, das perfekte Match!«

»Einen Zweiundsiebzigjährigen aus London finde ich auch alleine«, murmelte ich pikiert.

Aber Manuel hatte mich wegen der nun im Hintergrund laufenden Geschirrspülmaschine nicht gehört, unbeirrt fuhr er fort:

»Zweiundsiebzig Jahre alt, für fünftausend gleich und fünftausend später, ein Schnäppchen! Ein Einsteigerangebot. Extra für Sie! Sie beide werden skypen und sofort Ihre Gemeinsamkeiten feststellen, Sie brauchen sich gar nicht zu treffen.«

»Ich rieche gerne an Dingen«, gab ich vorsichtig preis.

»Riechen ist überbewertet«, fand Manuel. »Mit Bon-

bons und Parfüm, und ja, auch mit Waschen kann man jeden Geruch manipulieren. Konzentrieren Sie sich ausschließlich auf das Bildnis Ihres Zukünftigen.«

Dann erschien der Dachdecker in der Küche und wir mussten aufhören. Ich versprach, es mir zu überlegen.

»Jeder ist seines Glückes Schmied«, sagte Manuel noch, bevor er von der Bildfläche verschwand.

Erschlagen saß ich eine ganze Weile auf dem Sofa. Gegen Mittag kamen meine Söhne und fragten vorsichtig, ob es mir gut gehe. Ich nickte erschöpft, alles gut, alles fein, die Wimperntusche war nur ein wenig zerlaufen. Dann fing ich an zu kochen. Frischen Fisch, der, ist er wirklich frisch, gar nicht riecht.

Als ich das meiner Tante erzähle, ist sie enttäuscht. Ich könne nicht so schnell aufgeben, findet sie, aber auch, dass fünftausend Euro plus fünftausend Euro eine Unverschämtheit seien.

»Und was sollten die Autovergleiche? Ein SUV ist ohnehin ein scheußliches Auto. Wäre es ein Alfa ...«, fügt sie hinzu. »Und was hast du jetzt vor?« Eine gute Frage.

Bei Parship gibt es ein Krisen-Sommerloch-Angebot. Außerdem scheint es mit der Kontaktaufnahme in diesen Zeiten ohnehin sehr schwierig zu sein, also nochmals Rabatt. Ich zahle fast nichts für eine zweijährige Mitgliedschaft, das schenkt mir und der Tante Zeit. Sie wird nicht gehen, bevor ich nicht »the perfect match« vorweisen kann.

Parship ist Arbeit. Ich schicke ein Lächeln. Es wird

zurückgelächelt. Ein Mann mailt mir einen Eisbrecher. Ich gebe mein Foto frei. Dann gibt der Eisbrecher-Mann sein Foto frei, das ist weniger schön und erhärtet das Eis eher, als dass es bricht.

So geht es weiter und weiter.

Hat man mehrere Männer angeklickt oder wurde man von ihnen angelächelt, summiert sich die Arbeit. Ich bin schon nach einer halben Stunde völlig erschöpft. Nicht maulen, auch beim Marathon gilt: Geistige Stärke führt zum Ziel.

Ich schreibe waghalsig: »Spazieren gehen?«

Meine Freundin Julia findet mein Profil zu ehrlich, also langweilig, sie verfeinert es mit Obszönitäten, unter »Wünsche« steht nun: »Eskimorolle«. Und schon melden sich doppelt so viele und auch Jüngere. Dabei ist die Eskimorolle die Unterwasserdrehung, die man beim Kajakfahren braucht. Klingt aber nach mehr, ich gebe es zu.

Die meisten Männer stehen neben ihrem Rennrad. Mal mit, mal ohne Helm, mal am Meer oder in den Bergen, aber nie ohne Fahrrad. Sie tragen wahlweise neonfarbene Sporthemden, zu eng, und Shorts, zu kurz. Es gibt die Ausgemergelten in Krawatte und die Stattlicheren in karierten Hemden. Alle ohne Haare, aber gerne mit Bart.

Keiner raucht und trinkt mehr heutzutage, doch alle möchten gerne kuscheln.

Ich fühle mich wie fünfzig, die Jüngeren gefallen mir. Die über Sechzigjährigen sind grau und pummelig, oft schon Rentner, ich will partout nicht ihre Pflegerin werden.

»Dann lieber allein, Zia. Ich will mich nicht an einen alten Mann binden, der durch mich neues Leben spürt, mich praktisch aussaugt! Und auf die Tour de France habe ich erst recht keine Lust!«

»Stop!«, sagt die Tante. »Noch ist nichts passiert.«

»Sehe ich eigentlich auch so aus? Pummelig und grau?«

»Du färbst dich doch noch?«, fragt Tante besorgt.

Drei Tage ziere ich mich, dann entscheide ich mich für Thomas, weil er kein Foto mit Fahrrad ins Portal gestellt hat. Mein erstes Date findet vor einem hübschen Café statt. Das Café selbst ist zu. Man holt sich die Getränke und steht dann tapfer auf dem Bürgersteig herum.

Thomas ist sportlich und relativ adrett. Er holt charmant den Kaffee. Für sich ein Brötchen, mir bringt er keines mit. Das »charmant« streiche ich im Kopf gleich wieder.

Wir plaudern betont entspannt.

»Ich bin zweiundsechzig, meine Kinder sind zehn und zwölf«, sagt Thomas, ich rechne nach, als Waldorfschülerin brauche ich einen Moment. Er lächelt. »Mit fünfzig und zweiundfünfzig bin ich Vater geworden, heutzutage ja ganz normal.«

»Natürlich, ganz normal«, beeile ich mich zu sagen, »mein Freund Theo wird nächstes Jahr sechzig, seine Tochter ist gerade mal ein Jahr alt. Für die Männer beginnt damit ein neuer Zyklus. Ihr fühlt euch wieder jung und müsst nicht über das Sterben nachdenken, während ihr auf dem Spielplatz oder beim Elternabend sitzt. Richtig beneiden tue ich euch aber nicht.«

Thomas' Gesichtsausdruck nimmt etwas Säuerliches an.

»Man ist immer so alt wie die eigene Frau«, kontert er, und ich möchte aufstehen und gehen. Tue ich aber nicht.

»Ich liebe meine Kinder, aber während der Woche geht nichts, der Job. Wolfsburg, Technikinnovation. Sehr spannend. Meine Ex-Frau Suse verlangt ständig von mir, mich mehr zu kümmern, aber ehrlich, wie soll das gehen?«

Mir ist Suse gleich sympathisch. Kinder sind zeitaufwendig.

Nein, denke ich, hier muss eine andere ran, eine Jüngere vielleicht.

Ich lese dies und das, sage ich, er sagt, er liest lieber gar nicht. Aber Prince mögen wir beide, also summen wir *Purple Rain*. So vergehen ein paar schöne Minuten.

»Meine Eltern waren Partisanen.«

Warum ich das plötzlich herausposaune, weiß ich nicht. Der Lackmus-Test?

Er sagt: »Meine Großeltern sind Sozialisten gewesen, haben dann aber doch bei den Nationalsozialisten mitgearbeitet.«

»Sie waren National-Sozialisten«, scherze ich, »endlich macht das Wort Sinn!«

Der Witz verpufft. Kein Problem, ich habe noch mehr davon.

»Mein Großvater hat das Reichsparteitagsgelände in Nürnberg mitgebaut«, fügt Thomas hinzu und wirkt nicht sonderlich stolz. »Das hattest du nicht gebucht, vermute ich?«, macht er weiter.

Thomas hat Humor. Ich bin froh, dass er mir kein Brötchen gebracht hat, mir ist übel.

»Nein, das hatte ich nicht gebucht«, lächle ich, »kostet es jetzt extra?«

Unser Gespräch hat eine merkwürdige Richtung genommen. Ich schliddere den Berg hinab und kann es nicht aufhalten.

Ich kenne die Seminare zu gut, in denen Kinder und Enkel von Tätern und Opfern versuchen, sich zu versöhnen. Ein ganzes Wochenende lang kämpft man sich ab, um am Ende frustriert nach Hause zu fahren.

Er bekommt einen Anruf und muss los, schlägt vor, sich gegenseitig zu googlen.

»Klar, prima Idee«, zwitschere ich, dann ist er auf und davon.

Sein Vater war unter Honecker ein hohes Tier, lese ich später im Auto auf meinem Smartphone. Er kann für nichts etwas, nicht für seinen Großvater, nicht für seinen Vater, aber bei ihm ist mir eindeutig zu viel deutsche Geschichte im Spiel.

Benicio heißt mein nächster Versuch. Ihn finde ich auf einer internationalen App. Benicio ist Argentinier, hat einen runden Bauch, ist sehr witzig und charmant. Wir sprechen Spanisch miteinander, ich verstehe nicht alles, was er sagt, kann nicht alles ausdrücken, was ich möchte, umso lustiger sind unsere Treffen.

Benicio ist ein Meister des Asado, der Grillkunst, meine Söhne sind begeistert, endlich genug Fleisch. Querida nennt er mich. Es klingt vielversprechend.

Aber Benicio hat ein kompliziertes Leben hinter sich. Er möchte einen ruhigen Lebensabend verbringen und dieser Lebensabend beginnt jetzt. Er möchte sitzen und den Sonnenuntergang anschauen oder sitzen und die Wolken beobachten, aber für Bewegung, innerlich wie äußerlich, ist er nicht mehr zu haben. Ob Querida das verstehe?

Walther ist ein schöner Mann, erscheint aber in Ritterrüstung. Das sei sein Hobby. Die Wochenenden verbringe er im Zelt, am Lagerfeuer oder er züchte Falken, wie sein Namensvetter von der Vogelweide. Wenn ich Lust hätte, sein Burgfräulein zu werden, würde ihn das freuen. Ich bedauere und mache mich schnellstens aus dem Staub.

Klaus kennt mich anscheinend aus den Medien, jedenfalls weiß er, wer ich bin. Er möchte Jude werden. Er gehe schon bei den Kabbalisten ein und aus. Für die endgültige Aufnahme in den Kreis der Erleuchteten fehle ihm nur noch die passende jüdische Frau.

»Warum sind meine Eltern nicht in die USA, nach Kanada oder Australien ausgewandert?«, beklage ich mich später bei der Tante. »Warum ausgerechnet nach Deutschland, Zia? Georgs Familie war schon ein harter Brocken, aber ich dachte, das schaffe ich. Das schaffen wir. So geht Versöhnung, Wiedergutmachung. Das ist, was Juden und deutsche Nichtjuden tun müssen. Ich dachte, ich gehe mit vorbildlichen Riesenschritten voran. Pustekuchen. Ich bin schon mit Georg gescheitert. Er hat das auserwählte Volk bewundert, aber nicht geliebt. Am Ende ist er davor weggelaufen, es war ihm zu viel, zu nervös, zu laut, zu schnell.

Ich dagegen habe ihm, bewusst oder unbewusst, sein Deutschsein übel genommen. Absurd, aber ich habe es ihm vorgeworfen und so haben wir uns beide übernommen, am jeweils anderen. Ich kann ihm das Dritte Reich nicht verzeihen. Am Ende läuft es darauf hinaus, ganz egal, was vorher war!«, jammere ich vehement. »Wir sind über die Gräueltaten der Nazizeit nicht hinweggekommen. Obwohl wir beide nichts damit zu tun hatten.«

Tante am anderen Ende ist ganz still.

»Tante! Bist du schon tot oder noch dran?«

»Sei nicht albern!«

Es dauert lange, bis sie dann doch noch antwortet.

»Vielleicht hast du recht, meine Kleine, aber ich fürchte, so kommst du nicht weiter. Ressentiments zu kultivieren ist bequem, aber nicht hilfreich. Lass dir das von mir gesagt sein. Ich weiß, wovon ich rede. Entscheide dich. Und wenn du möchtest, bleibe allein. Aber freue dich des Lebens. Es bringt ja nichts, wenn du deinem alten Leben nachtrauerst. Es war ein schönes Leben, sicherlich, aber das Paradies war es auch nicht. Es sind nicht alle Falkenzüchter, phlegmatisch oder Philosemiten. Suche dir einen, dessen Eltern vielleicht nicht gleich IM waren oder bei der Waffen-SS. Ich denke, das muss möglich sein. Aufgeben gilt nicht.«

Am Nachmittag lade ich für hundertdreiundzwanzig Euro die App eines jüdischen Dating-Portals auf meinen Laptop. Vielleicht kann man es von der Steuer absetzen?

Es kommt in Wellen, das Ende, so viel ist schon mal sicher. Der Tod tanzt mit mir einen Walzer, greift sich zwischenzeitlich andere Tanzpartner, kommt wieder vorbei und so geht es hin und her. Unentschlossen scheint er mir, der Gute.

Es ist endgültig Sommer geworden. Die Luft ist warm. Pasqualina macht ein Riesentheater, sie möchte wenigstens in den Hof. Daniela, die mir eben noch aus der *Gazetta di Mantova* die Todesanzeigen vorgelesen hat, legt die Zeitung nieder und nimmt Pasqualina mit auf die Veranda, damit sie Ruhe gibt.

Auf dem anderen Balkon sitzen die Alten, schreien runter, auf der Straße stehen ihre Verwandten und brüllen hoch. Keiner versteht den anderen, der Lärm ist ohrenbetäubend.

Dann kommen die Carabinieri und vertreiben die Menschen. Ansammlungen sind verboten und nur mit Passierschein ist es überhaupt erlaubt, das Haus zu betreten oder zu verlassen. Also doch Krieg.

Ich ahnte es schon.

Ich fürchte, ich werde hier nie mehr rauskommen. Meine Gedanken fliegen sehnsüchtig in die Stadt. Ich gehe unter den Portici von Mantua spazieren, bleibe bei den Auslagen stehen, kaufe frisches Brot. Piazza Erbe, die Kirschen sind so reif, später im Jahr gibt es die herrlichen Zuckermelonen, noch später die Äpfel, ihr Saft ist süß. Jetzt könnte ich nicht einmal mehr von einem Apfel abbeißen. Alles wird püriert. Nicht nur die Kartoffeln, auch das Fleisch. Jeden Tag. Das ganze Leben durch einen Pürierstab gedreht. Warum gibt es das Alter überhaupt? Was für eine blöde Prüfung. Ja, lieber Gott, ich habe es verstanden! Ich war ein hilfloses Baby und nun bin ich eine hilflose alte Frau. Nur du bist groß und munter und niemals ohnmächtig.

Heute hat meine Nichte noch nicht angerufen, also rede ich mit ihr in Gedanken. »Was macht dein jüdisches Dating? Alles Männer wie Mark Spitz oder Johnny Weissmüller? Das waren die jüdischen Helden meiner Zeit. Schöne Jungs und sehr sportlich. Manchmal braucht es wirklich nicht so viel Hirn.

Adriana, ich möchte so gerne mit dir ein paar Schritte laufen. Dann zeige ich dir, wie gut ich das noch kann. Ich ziehe mich rasch um, endlich raus aus diesem Schlafanzug, und wir gehen los. Wir bestellen uns einen Espresso und alles ist wie früher.«

»Ja, Zia, das machen wir. Ich hoffe, ich kann bald zu dir rein. Noch ist es verboten, aber bestimmt nicht mehr lang«, wird sie antworten.

»Nicht mehr lang? Ich habe nicht ewig Zeit!«

Dann warte ich wieder. Auf das Essen oder auf die Nacht. Oder auf den nächsten Morgen.

Niemand bereitet einen auf das Ende vor. Hier läuft zwar jeden Dienstag und Donnerstag ein nervöser Pfarrer herum, aber wenn ich den schon sehe, wird mir schwindlig. Er plappert vom Jenseits als hoffnungsvollem Ort, doch das Diesseits hat er nicht im Griff. Pasqualina keift ihn an, die Kirche habe sie enttäuscht. Er empfiehlt ein Vaterunser. Sie ist verzweifelt vor lauter Schmerzen, er empfiehlt ein Vaterunser, zur Not das Abendmahl, das er in einem kleinen tragbaren Koffer bei sich hat. Dann holt er seine vertrockneten, zerquetschten Hostien raus und schiebt sie der Alten in den Rachen. Sie wehrt sich, bekommt Atemnot, die Schwestern rennen herbei. Mir tut die Alte leid. Ich kann sie nicht sonderlich leiden, aber ein Zwangsabendmahl? Wer will das schon?

Mich lässt er in Ruhe, es hat sich herumgesprochen, dass ich Jüdin bin. Ich glaube, Juden fürchtet er noch mehr als das Fegefeuer. Zu Recht. Wenn er uns mit seiner dünnen Stimme und seinem Singsang quält, würde ich ihn gerne ans Kreuz nageln.

Jahrzehntelang musste ich die öden Oster- und Weihnachtsmessen aus Rom über mich ergehen lassen. Meine Schwiegermutter fiel im Wohnzimmer vor dem Fernseher auf die Knie. Ihre Beine bekamen blaue Flecken von dem kalten, harten Marmorboden. Großes Gejammer, weinen, sich bekreuzigen. Aber der Papst gab seinen Segen, Weihnachten und Ostern, urbi et orbi, plötzlich war alles vorbei und das Essen musste sofort auf dem Tisch stehen. Agnolini, habe ich selbst gemacht, enorme Plackerei. Die Fleischfüllung vorbereiten, die Suppe kochen, den Teig ausrollen, die Teigtaschen füllen.

Auch wie man seine Schwiegermutter erträgt, ohne verrückt zu werden, hat mir niemand beigebracht. Vielleicht gab es schon damals vereinzelt Therapeuten, aber ich kannte niemanden, der je bei einem gewesen wäre. Die

Menschen hatten den Krieg überlebt und sich entweder im Anschluss erhängt oder lebten irgendwie weiter.

Meine Nichte geht seit Jahrzehnten zu Therapeuten und ist meschugge. Sie wäre noch viel meschuggener, wenn sie nicht gehen würde, behauptet sie, ich habe meine Zweifel.

Momentan hat Adriana nicht nur eine Therapeutin, sie hat gleich zwei. Sie lässt sich von zwei Frauen therapieren, und die eine weiß nichts von der anderen. Sie sagt, als Jüdin sei sie für Therapien wie geschaffen. Schließlich hätte ein Jude die Analyse erfunden. Freud hin, Freud her, zwei Liebhaber fände ich deutlich sinnvoller.

»Wohin soll das führen?«, frage ich sie.

»Schau, Zia«, sagt sie, »mit der einen gehe ich in die Tiefe, die andere bringt mir bei, das im Alltag umzusetzen. Mit der einen denke ich. Die andere hält Gedanken für die Ursache von Schmerz, und ich lerne, sie zu zähmen.«

»Die Gedanken zähmen?«

»Ja.«

Eine schöne Vorstellung. Man denkt nur noch, was man möchte, und nicht mehr das, was einen belastet. Seit ich hier bin, und überhaupt seit meine Kräfte nachlassen, kommen die alten Erinnerungen. Ich weiß, dass die Verdrängung mit dem Alter nachlässt, aber dass es so heftig werden würde mit der Erinnerung, hätte ich nicht vermutet. Manchmal sind die Bilder so stark, dass es sich anfühlt, als wäre ich wieder dort. In Opatija mit meinen Eltern, in diesem großen Hotel, das ein eigenes Casino hatte. In Zagreb mit meiner kleinen Schwester Thea. Wir stehen auf der Veranda unseres runden Hauses und Zagreb liegt im Morgenlicht unter uns. Thea hat einen kleinen Bären im Arm, Dodo. Ich kann das Meer in Split riechen und den Schwefelgeruch von der Fischhalle. Die Fliegen nehmen Reißaus. So auch ich. Renne die Treppen hoch, Fritz' Hand in meiner. Ich kann sein Herz schlagen hören. Außer Atem sind wir, als wir oben ankommen und den Sternenhimmel sehen, in diesem April, bevor ich festgenommen werde. Ich habe schreckliche Angst, meinem Vater zu widersprechen, ich kusche vor ihm und sitze an der Kasse des Kontors, während die Stiefel der Ustascha immer dringlicher zu hören sind.

All das durchlebe ich immer und immer wieder mit steigender Wucht, als wäre es soeben passiert und nicht vor einem Jahrhundert.

Ich behandle Giorgio oft mit Verachtung. Auch wenn er mich gerettet hat, ich habe einen anderen Mann verdient, einen, der besser zu mir passt. Er ist nicht von meinem Schlag, das kann ich ihm nicht verzeihen. Ich spüre den Seidenschal, den Vladko mir geschenkt hat, zwischen den Fingern. Ich bin sicher, wenn ich jetzt die Augen öffne, habe ich den Schal in der Hand.

Nun, Adriana, mich würde wirklich interessieren, was deine zwei Therapeutinnen dazu zu sagen hätten. »Ihre Tante, liebe Frau Altaras, ist charakterschwach. Hätte sie ihrem Vater widersprochen, wäre sie in Australien gelandet und nicht im KZ!«

Würden sie so etwas sagen? Vielleicht. Und vielleicht hätten sie recht. Ich bin charakterschwach. Thea war immer die Mutigere. Aber ihrem Mann hat sie nie wirklich Kontra gegeben, dazu hat sie ihn viel zu sehr angebetet. Ob sie glücklicher war?

Ach, das Leben ist, was es ist. Wieso glauben wir, es wäre da, um uns glücklich zu machen?

Seit zwei Stunden liege ich in der Badewanne. Das Badeelixier soll Wunder wirken, ich warte.

Wird es je besser werden? Werde ich jemals wieder auch nur ein Fitzelchen Glück spüren? Gibt es das Glück überhaupt noch?

So oder so ähnlich drangsalierte ich mich und meine Therapeutinnen. Ich, die Drama-Queen aus Schöneberg. Sie antworteten lakonisch, es liege schlussendlich an mir, was ich aus meinem Leben mache. Was bitte sollte das schon wieder heißen? Wofür bezahle ich sie, wenn ich am Ende doch alles selbst machen muss? Soll ich die Therapieform oder gar die Therapeutinnen wechseln? Es ist ja nicht so, dass ich nicht einiges probiert hätte, um aus meinem Dilemma herauszufinden.

Tante wird auch immer ungeduldiger. Ihre Zeit sei knapp bemessen, ich aber hätte mich in meinem Leiden so bequem eingerichtet, als würde sie ewig leben.

Mir gehen sie alle mächtig auf die Nerven.

Auf dem Höhepunkt meiner Trennungskrise hatte ich ein ganzes Heer an Hilfsangeboten mobilisiert. Meine Freundinnen wurden einzeln und in Gruppen bemüht, mir zur Seite zu stehen. Das taten sie vorbildlich, immer zugewandt, nie hämisch. Ich war in ein Netz aus Fürsorge eingebettet. Ich wollte sterben, aber das fanden alle keine Option.

Stattdessen luden sie mich mal zum Abendessen, mal zum Übernachten ein. Die Einladungen klangen mehr nach Befehl als nach Empfehlung. Sie hatten Angst um mich.

Natürlich sprachen sie auch meine Fehler an, meinen Eigenanteil am Scheitern meiner Ehe. »Du bist ein Tsunami«, sagten sie, »das kann nicht jeder aushalten.« Sie erwähnten meine Ungeduld, meine Vehemenz in Diskussionen und meinen beruflichen Erfolg, der schwachen Männern den Boden unter den Füßen wegziehen könne.

Sie machten keine Vorwürfe, das machte die Sache noch schlimmer, ich hörte eifrig zu, musste zugeben, dass sie recht hatten, schluckte ihre Empfehlungen für mein weiteres Leben wie bittere, aber notwendige Medizin. Tante wollte alle Tipps hören. Nickte, wenn sie ihr gefielen, schüttelte den Kopf bei den Ratschlägen der Freundinnen, die sie sowieso nicht leiden konnte.

Frau Dr. Luise tat ihr Bestes. Behauptete, sie hätte es lange kommen sehen. Immerhin hätte meine Partnerschaft dreißig Jahre gehalten, dafür sollte ich dankbar sein. Dankbarkeit stand noch nicht auf meiner To-do-Liste. Ich hörte ihr zu und verbrauchte zentnerweise Kleenex-Packungen.

Der Schmerz dauerte an, ungeduldig bemühte ich eine Astrologin, eine Hypnotiseurin, eine Kartenlegerin. Ich ging zur Familienaufstellung, zur Familientherapie und zur Systemischen Analyse. In einem waren sich die spirituellen und nicht so spirituellen Therapeutinnen einig: Die Krise war ein Geschenk, einmal überwunden, würde ich ein glückliches, erfülltes Leben führen und endlich, endlich, endlich erwachsen werden.

Das wollte ich unbedingt, erwachsen sein! Denn als Sechzigjährige ist das ja das Mindeste, was man im Leben erreichen sollte. Der Schmerz allerdings scherte sich einen Dreck ums Erwachsensein. Ich las einschlägige Sachbücher. Etliche über Narzissmus. Narzissmus ist das Wort der Stunde. Alle scheinen Narzissten zu sein heutzutage. Die Männer vor allem.

Ich glich mein Leben mit dem Gelesenen ab und meine Laune wurde schlechter und schlechter. Dann las ich Bücher über Trennung und Neuanfang. Ich malte ein Strichmännchen und ein Strichweibchen und zerschnitt das Papier in der Mitte. Eine symbolische, aber sehr effektive Trennungshilfe, schrieben die Trennungsexperten.

Ich las Bücher, in denen ich lernte, mich beim Partner zu bedanken, denn er hatte mich in eine neue Lebensphase gestupst. Hundertmal schrieb ich »Danke« und verbrannte anschließend die Zettel.

Ich las, malte, weinte und schlief schlecht und wenig. Hatte aber Gott sei Dank genug Brandsalbe, Rescue-Tropfen und Crémant im Haus. Dann zogen meine Söhne aus, nachdem sie mir zwei Jahre zur Seite gestanden hatten. Mit ihrem Auszug begann so oder so eine neue Lebensphase. Die teilte ich mir mit Millionen anderen Frauen. Erst ärgert man sich über die Brut und dann vermisst man sie? Leben ist einfach unlogisch.

In einem französischen Film, den ich an einem meiner einsamen Abende schaute, bekommt Eugenie, die Kinder sind frisch aus dem Haus, plötzlich auch noch Hitzewallungen. Der Frauenarzt erklärt ihr, dass sie nun langsam unfruchtbar werde, also nutzlos, während ihr Ex mit seiner dreißigjährigen Geliebten Zwillinge bekommt. Eugenie ist empört über den Lauf der Dinge. Ich ebenso.

Auch von meinen Jugendfreunden hatten die meisten inzwischen eine zweite Ehe und eine zweite Runde Kinder. Ich beneidete sie darum, dass sie zwischen Windelnwechseln und Seepferdchenmachen nicht ins Grübeln kamen. Über den Tod denken nur wir Frauen nach. Die Männer pflanzen sich beherzt fort und verschieben ihren Verfall bis zum Abitur der neuen Kinder. Dann sind sie ohnehin fast achtzig, und zu dem Zeitpunkt noch groß über den Tod nachzudenken lohnt sowieso nicht mehr. Er ist dann einfach Fakt.

Gleichzeitig verspürte ich Schadenfreude. Wer will schon wieder eigene kleine Kinder? Enkelkinder meinetwegen, die kann man wieder bei den Eltern abgeben, aber eigene? Alles noch einmal von vorn – Scharlach, Elternsprechtag und Plattfußeinlagen?

Die Welt sei nicht gerecht, was Männer und Frauen betrifft, klagte ich bei der Analyse.

Gerechtigkeit sei subjektiv und alles gehe vorbei, antwortete mir die weise Frau Dr. Luise. Man wird alt, die Kinder flügge. Der Partner geht verschollen. Es müsse ohnehin ein neuer Lebensinhalt her.

Das Problem an Therapien ist, dass man zu hören bekommt, was man ahnt, aber partout nicht wahrhaben möchte. Was ich nicht alles ändern und in Angriff nehmen müsste. Fünf Minuten Zähne putzen, dabei die Zehen spreizen, dreißig Minuten Yoga täglich, sonst kann man dem eigenen Schrumpfen zusehen. Ebenfalls täglich um den Schlachtensee joggen, der Ausdauer und frischen

Luft wegen, danach in den See hinein, Abwehrkräfte braucht der Mensch. Meditieren, am besten zweimal täglich, auch das Innere muss gereinigt werden. Sudoku oder einen Roman pro Woche, sonst klopft die Demenz an die Gehirnschwelle. Ein bisschen Kampfsport verleiht ein entspanntes Standing. Und natürlich vegan essen.

Das alles stand schon länger auf meiner To-do-Liste. Den Beruf aufgeben hatte ich ganz unten hingeschrieben. Alles ließ sich nicht schaffen, entweder oder.

Wieder habe ich den halben Tag verschlafen. Die Augen fallen mir fortwährend zu, obwohl ich gerne wach wäre. Sterben ist wirklich nicht linear. Ich fahre Kurven, Schleifen, Berge rauf und runter. Der Tod am Lenker pfeift fröhlich vor sich hin.

Am liebsten würde ich jetzt am Steuer eines schnellen Sportwagens sitzen – und ab zum Gardasee. Oder ans Meer, eintauchen in die erfrischenden Wellen. Ich wüsste genau, was ich täte, wenn man mich ließe. Entscheidungen treffen war nie mein Problem. Wie man so entscheidungsschwach sein kann wie Adriana, ist mir ein Rätsel. Meine Nichte weiß nicht, ob sie in den Süden oder Norden reisen möchte, ob Spaghetti oder Kartoffeln auf den Speiseplan sollen. Und sie kann sich für keinen neuen Mann erwärmen.

So schwer kann das doch nicht sein?

Sie sagt, es gebe keinen. Ich habe sie gefragt: Wie viele Millionen Männer gibt es auf der Welt? Sie hat nachgeschaut: Es gibt 4,03 Milliarden Männer. Nehmen wir die Kinder, die Alten und Kranken raus, sind es sicher noch 1,5 Milliarden, die in Frage kämen.

Und da findet meine Nichte keinen passenden? Die Prinzessin auf der Erbse ist eine entspannte Person neben den Ansprüchen meiner Nichte. Oder hat sie Angst? Sie würde ihre Angst und Schüchternheit niemals zugeben. Lieber macht sie einen Schwarzgurt in Karate, als ihre Bedürftigkeit zu zeigen. »Poor girl«, the queen would say.

Nach der Analyse ist meine Nichte zu einer Familientherapeutin marschiert. Sie hat mir ein Foto gezeigt. Eine kleine, freche Blondine mit Lachgrübchen. War die Analytikerin eine asketische Meisterin, so scheint diese eine lebensfrohe Partymaus. Ihr Credo ist überzeugend: Der Blick in die Vergangenheit sei müßig, da diese eindeutig schon vergangen sei und damit nicht mehr veränderbar. Der Blick in die Zukunft sei ebenso sinnlos, da nicht vorhersehbar. Nur die Gegenwart zähle. Und wenn Adriana sich einbilde, sie könne an irgendetwas herumschrauben, sei das mehr als illusorisch. Das Universum sei stärker als sie. Es werde ohnehin gewinnen. Die Frau gefällt mir.

»Ich habe nichts dagegen«, gab sie Adriana als Mantra mit. Das funktioniere erstaunlich gut, meint meine Nichte. Außer sie bekommt einen Parkzettel, denkt an ihren Ex oder steht in der falschen, weil zu langsamen Reihe. Dann gleitet sie in die Depression und fragt sich und mich: »Warum ich?«

Warum nicht?

Jetzt verlangt sie von mir, ich solle dieses Mantra auch mal beherzigen. Ich würde immer an allem rummäkeln. Nun gut. Ich habe nichts gegen meine abscheuliche Zimmernachbarin, nur schweigen soll sie. Ich habe nichts gegen püriertes Fleisch, wenn es nur einen Espresso danach gäbe. Ich habe nichts gegen den Tod, nur kommen soll er endlich.

Als Nächstes ging Adriana zu einer Kartenlegerin. Das hat mich interessiert. Die Zauberin, so hat sie mir berichtet, wohne nicht in einer dunklen Höhle, sondern in einem kühlen, hellen Souterrain. Sie trage blauen Lidstrich, der ihre hellseherischen Fähigkeiten unterstreiche. Diese Magierin sah nur Gutes für Adriana voraus. Sie sei auf dem Sprung in ein neues aufregendes Leben, unternehmungslustig und abenteuerbereit. Sag ich doch! Sie solle froh sein, diesen Ehemann los zu sein. Weiblichkeit sei nun das Thema, habe die schöne Hellseherin insistiert und ihr eine Postkarte von Aphrodite geschenkt. Die Göttin, die – aus einer Muschel entschlüpft – im morgendlichen zarten Windhauch steht, den Zephyr und seine Freundin Aura ihr in die Locken blasen.

Nun will Adriana Aphrodite sein. Ihre Kurven habe ja sie schon, das Haar müsse sie ab sofort noch mehr wachsen lassen. An der Ostsee fiele Nacktbaden nicht weiter auf, dort wehe auch immer ein leichter Wind. Sie sieht sich im Sommer nackt in der Konzertmuschel in Sassnitz ihren Einstand als Aphrodite geben. Ich werde mir das nicht anschauen, aber immerhin hat die Kleine ein Ziel.

Ich vermute, nicht einmal Freud hat sich mit einer solchen Akribie der menschlichen Seele gewidmet, wie Adriana es gerade tut. Und Gentests gab es zu seiner Zeit sicher auch nicht.

Meine Meschuggene brachte, als sie mich noch besuchen durfte, allen Ernstes einen Gentest mit, er war im Doppelpack billiger. Wenn schon, denn schon, sagte sie. Sie hatte ihn »online« in Amerika bestellt, wie sie sagte. Der Abstrich beider Wangeninnenseiten sei eine Lappalie, schon vier Wochen später wüssten wir, ob wir wirklich jüdisch seien. Dass sie das überhaupt in Frage stellte, fand ich erstaunlich. Wäre sie weniger meschugge, wenn sie nicht jüdisch wäre? Oder würde sie weniger leiden? Oder wäre sie einfach nur weniger dramatisch?

Und was kam raus? Dass wir jüdisch sind, zu hundert Prozent. No na? Was hatte sie erwartet? Chinesen im Blut?

Ich bin gegen solche Tests. Jetzt kennt auch die CIA unsere genauen Daten. Und sollte sie doch noch ein Serienkiller werden, dauert es vermutlich eine knappe Viertelstunde und die Kriminalpolizei stellt sie. Das jedenfalls habe ich auf Canale 5 gelernt.

Seit zwei Jahren beschäftigt sich meine Nichte nun schon mit ihrer Seele. Sie macht das mit einer Gründlichkeit, dass es zum Fürchten ist. Wie sie nebenbei noch zum Arbeiten kommt, ist mir ein Rätsel. Im Grunde weiß ich, dass es ihr inzwischen ganz gut geht, sie muss es sich nur noch eingestehen. Wenn ich ihr das sage, schnaubt sie vor Wut: »Was weißt du denn?«

Nichts weiß ich, ich alte jüdische Frau. Ich schweige und warte.

Seit über einer Stunde sitze ich an einer Akkreditierung für ein Filmfestival, gestresst, als würde ich mich um die Schweizer Staatsangehörigkeit bemühen. Wer bin ich inzwischen wirklich?

Zur Wahl stehen:

Male
Female
I prefer to use my own term
Agender/Neither
Androgyne
Bigender
Female to Male
Male to Female
Gender fluid
Gender nonconforming
Gender questioning
Gender variant
Genderqueer/Nonbinary
Neutrois
Pangender
Transgender
Transfeminine
Transmasculine
Two-Spirit
Prefer not to say
Other term

Es ist verwirrend, das Englisch schüchtert mich ein, auch darf man nur eine Variante ankreuzen. Nach langem Zögern und obwohl ich gerne vieles mehr wäre, entscheide ich mich, sehr spießig und fast sentimental, für *female.* Aber bin ich das überhaupt noch? Ich habe mich lückenlos durch die spirituellen Angebote Berlins gearbeitet, mich durch mein Unbewusstes gewühlt, mit dem Über-Ich gesprochen und mit dem Kind in mir, habe jede Tiefe und Untiefe meines Selbst und meiner nahen Umgebung erforscht. Habe über Geduld nachgedacht und dass ich einfach keine mehr habe. Mangelndes Durchhaltevermögen kann ich mir nicht attestieren. Doch je mehr ich nach mir suche, desto mehr gehe ich verloren. Nicht mal mehr mein Geschlecht weiß ich mit Gewissheit zu benennen. Ich habe aufgehört, ich zu sein. Als das Telefon klingelt, melde ich mich mit: »Vielleicht ich.«

Es ist mein Anwalt aus Kroatien, gerade ihn habe ich am wenigsten erwartet.

»Shabbat Shalom, Zia! Ich habe super Nachrichten!«, schreie ich wenig später am Telefon in Tantes Ohr.

»Schrei nicht so. Ich höre dich sehr gut. Ist schon Samstag?«

»Tante! Jetzt kannst du hundertzwanzig werden!«

»Mache ich.«

»Nein, wirklich! Und wir können vorher noch auf Weltreise gehen und vieles mehr. Wir bekommen Geld aus Kroatien! Die Restitution ist bewilligt! Wir haben es geschafft. Was Mama in fünfzehn Jahren nicht geschafft hat, wird jetzt, nach weiteren fünfzehn Jahren, endlich wahr. Stell dir das vor!«

»Die Kroaten geben uns wirklich Geld? Für die enteigneten Häuser? Freiwillig? Das kann ich gar nicht glauben.«

»Ob freiwillig oder nicht, ist doch egal. Es ist auch nicht unendlich viel, aber du kannst entspannt sehr, sehr alt werden, das Geld reicht auf jeden Fall.«

»Gut zu wissen. Ich werde es so einrichten.«

Meine Mutter hatte fünfzehn Jahre lang mit diversen Anwälten gegen die kroatische Regierung geklagt. Tante hatte sie unterstützt. In ihren Unterlagen habe ich unzählige Entwürfe für Briefe gefunden. Sie bat darin Freunde, den alten Prokuristen der Glasmanufaktur, die israelische Regierung um Hilfe. Unter anderem hatte sie an seine Exzellenz namens Franjo Tuđman geschrieben. Sie warf seiner Exzellenz darin vor, dass seine Regierung die Enteignung und Besitznahme der Nazis weiterführte.

»Dass mich am Ende die Kroaten finanziell am Leben halten, ist schon verrückt. Die Faschisten brauchen uns mehr als wir sie«, sagt Tante.

»Lass doch einmal die Faschisten! Was willst du noch alles machen, Zietta?«

»Nachdenken.«

»Aber das machst du doch schon die ganzen letzten Jahre.«

»Ich bin noch nicht fertig mit einem Gedanken.«

»Du hast jetzt auf jeden Fall viel Zeit.«

»Willst du gar nicht wissen, um welchen Gedanken es geht?«

»Ich fürchte mich ein bisschen vor deinem Gedanken, Zia.«

»Ja, das verstehe ich, aber wenn du ihn kennst und ihn dir jetzt schon zu Herzen nimmst, musst du vielleicht nicht hundertzwanzig werden.«

»Also gut, sag's.«

»Was könnte der Sinn sein?«

»Der Sinn?«

»Ja, der Sinn, der Kern des Lebens?«

»Wow. Drunter machst du es nicht.«

»Mach dich nicht lustig. Es ist gar nicht so einfach.«

»Und zeitraubend.«

»Wenn ich es herausgefunden habe, gehe ich.«

»Okay. Verrätst du es mir vorher?«

»Vielleicht.«

»Sehr freundlich. Kennst du schon meinen neuen Witz? Passt perfekt:

Zwei alte Juden treffen sich am Samstag auf der Promenade.

– Cohn, ich habe gehört, du bist ein Ungläubiger geworden?

– Ja.

– Cohn, du glaubst nicht mehr an Gott?

– Lass uns von was anderem reden.

Am Sonntag treffen sich die beiden wieder.

– Nu Cohn, sag mir jetzt, glaubst du an Gott?

– Nein!

– Nu Cohn, das hättest du mir nebbich sagen können schon gestern!

– Bist du meschugge?! Am Shabbes?!«

»Du nimmst nichts ernst, Adriana. Schade.«

»Nun gut, der Witz ist nicht Weltklasse, aber so schlecht nun auch nicht. Und dass die Kroaten fast achtzig Jahre nach der Enteignung in die Knie gehen, ist doch Anlass zu großer Freude. Findest du nicht?«

»Ich weiß nicht. Du traust ihnen?«

Damit beendet die Tante indigniert das Gespräch.

Ich hätte nie für möglich gehalten, dass wir die Restitutionsklage gewinnen würden. Nie und nimmer. Ich kann es immer noch kaum glauben. Adriana ist wirklich ungeheuer zäh. Wie ihre Mutter. Sie hat nicht lockergelassen, auch wenn niemand mehr daran geglaubt hat.

Ich würde die Häuser gerne wiedersehen. Wie sie wohl inzwischen aussehen? Wer wohnt darin? Ob sie von uns wissen?

Häuser altern so angenehm. Schlägt keine Bombe ein, altern sie entspannt vor sich hin, hundert, zweihundert, fünfhundert Jahre. Haben sie einen Wasserschaden, ziehen sich die Wasserflecken die Fassade entlang, die Farbe verschwimmt, hinterlässt eine formvollendete Patina. An Regentagen sieht das Zentrum Mantuas aus wie im Mittelalter. Wenige Menschen huschen über den feuchten Asphalt, die müden Straßenlaternen beleuchten die uralten Steine. Signor Pinamonte Bonacolsi hastet unter einem schwarzen Schirm an mir vorbei, fast hätte ich ihn nicht erkannt. Gab es im 13. Jahrhundert schon Schirme? Ludovico Gonzaga heiratet 1433 Barbara von Brandenburg, ich sitze mit am Tisch, während Mantegna das Brautpaar malt. Der rotbraune Hund unter Ludovicos Thron ist meiner. Ich nenne ihn Frederico Barbarossa.

Schon Hunderte Jahre vor mir gab es Mantua, und es sah damals fast genauso aus wie heute. Ich werde aus dem Bild verschwinden und Mantua wird weitere vierhundert Jahre lang so aussehen. Natürlich gab es Umbauten. Die Banca Monte dei Paschi di Siena hat in die Fresken ihre Lüftung hineingehämmert. Und die Pizzeria unter den Portici kann nicht eröffnen, weil man unglaubliche Malereien von Mantegna gefunden hat. In der Kapelle der Bonacolsi hat unser Nachbar seine Küche eingebaut, irgendwo musste sie ja hin, und die Wäscheleine hängt schräg zwischen Altar und Weihwasserbecken. Trotzdem. Die alten Gemäuer haben den längeren Atem. Solange sie nicht vor Altersschwäche in sich zusammenfallen, stehen sie da und erzählen von ihrem und unserem Leben. Riechen nach Moder und Minze und werden dabei von Glühwürmchen zart beleuchtet.

Ich glaube, ich hatte mehr Häuser als Hunde. Ich muss unbedingt einmal nachzählen. Ich liebe Häuser und Wohnungen. Manchmal habe ich das Gefühl, sie zu verstehen. Besonders die sehr alten Mauern sprechen zu mir. Ich spüre, ob sie zufrieden sind oder leiden, ob sie sich freuen über eine neue Farbe oder zusammenbrechen unter der Last der Renovierung. Ich hätte Maklerin werden sollen.

Unser rundes Haus war stilbildend und nebenbei war es auch genial. Aus jedem Fenster hatte man einen atemberaubenden Blick auf Zagreb, und gleichzeitig bezog es durch seine Form die Außenwelt mit ein. Als die Ustascha ihre dreckigen Stiefel auf den Holzboden rammten, wusste ich, diese Menschen werden alles vernichten. Wir mussten das Haus zwangsverkaufen.

Nur noch zwei Wohnungen in der Boškovićeva ulica gehörten uns. Ein Teil eines dreistöckigen Wohnhauses mitten im Zentrum Zagrebs, ein Altbau aus der Jahrhundertwende, inzwischen ziemlich heruntergekommen, nicht so arg viel wert. Wir hatten dort gelebt, bevor wir in das runde Haus zogen, im Erdgeschoss das Büro der Glasmanufaktur, alle Nachbarn Juden. Wie viele überlebt haben, weiß ich nicht, aber ich weiß, warum meine Schwester es zurückhaben wollte und warum meine Nichte den Staffelstab übernommen hat. Sie haben um diese Restitution gekämpft, weil sie eine Entschädigung und Entschuldigung von diesen Verbrechern haben wollten. Die Entschädigung freut mich, aber ändern tut sie nichts.

Auch ich will eine Entschuldigung, aber ich würde mich nie herablassen, mit solchen Menschen überhaupt in Kontakt zu treten. Sie haben fast meine ganze Familie ausgelöscht und meinen Hund. Mit so einem Pack soll ich verhandeln?

Gerade mit diesem Volk, betonte Adriana immer wieder, wenn die Sprache darauf kam, denn es seien nicht alle Faschisten, heute sowieso nicht mehr. Sie hat recht behalten. Sie wollen uns nach all den Jahren entschädigen, wenn auch nur teilweise. Es wird mir nichts von meinem Leben zurückgeben, aber ich bin stolz, dass wir gewonnen haben.

Es war nicht leicht, eine Wohnung in Italien zu kaufen. Giorgio war bescheiden, ich habe im Haushalt gespart oder auf Kleidung verzichtet. Ferien haben wir in den ersten Jahren nach dem Krieg sowieso keine gemacht. Haben wir überhaupt je Ferien gemacht? Wir sind mal an einem Wochenende nach Genua gefahren. Schön war es dort. Die Ferienmanie ist auch so eine moderne Erscheinung.

Die Menschen arbeiten sich wund und müssen sich dann genauso heftig erholen.

Mein Mann hat viel gearbeitet, ich ebenfalls. Im Büro meines Mannes habe ich alle Büroarbeit verrichtet, die anstand. Zu Hause habe ich gekocht und nach der Schwiegermutter und nach Valeria geschaut. Es war wie in einem mittelalterlichen Unternehmen: Die Ehefrau verrichtet die Hausarbeit, der Rest sitzt herum. Giorgio, meine Schwiegermutter und Valeria hockten in diesen großen Armsesseln und schauten mir zu. Die beiden Frauen kommentierten alles und wussten es besser. Nur Giorgio ist manchmal aufgestanden, hat den Tisch gedeckt oder Risotto gemacht. Risotto alle cipolle. Er war ein guter Mensch.

Als die Amerikaner einmarschierten, wohnten wir noch in einer winzigen Wohnung am Piazzale Gramsci. Der Platz ist immer noch modern, inzwischen dreispurig, und die Autos rasen und hupen und überholen einander wie verrückt. Die amerikanischen Panzer fuhren damals im Kreis, wir rannten jubelnd nebenher. Sie hatten wohl nicht in die Altstadt fahren können, zu groß waren die eisernen Ungeheuer, also hatten sie den Piazzale Gramsci für ihren Siegeszug ausgesucht. Ich weiß es noch wie heute: Es gab Musik und Essen und ich dachte, jetzt, jetzt wird alles gut.

Wir zogen fort vom Piazzale Gramsci, denn Giorgio hatte ein Haus in Marmirolo entworfen und bauen lassen, an einem kleinen Bach. Drumherum waren Felder, wenige Häuser, etwa dreieinhalb Kilometer von Mantua entfernt. Es gab Brachen mit Pfützen und Wiesen mit Veilchen. Und diesen betonierten Kanal, in den unser Pudel Mišco gefallen ist.

In dieses Haus brachten wir Adriana, nachdem wir sie über die Grenze geschmuggelt hatten. Sie ging staunend durch die Räume, der Marmor, die Spiegel, die dünnen geschwungenen Tischbeine, so viel italienisches Dekor kannte sie nicht aus dem sozialistischen Zagreb.

Sie war sehr ernst, lachte wenig in diesen ersten Wochen, weinte nie. Sie war wie ein kleiner tapferer Soldat. Oft hatte sie Bauchweh und die dunklen Augenringe wurden noch dunkler. Es war der Kummer. Als sie Lassie bekam, wurde es besser. Stunden verbrachte sie mit der kleinen Hündin zusammengerollt in der Hundehütte. Ich hätte schwören können, es kicherten beide.

Mittlerweile ist Marmirolo ein Teil der Stadt und die Felder und Wiesen voller Veilchen sind Industriegebiet. Audi und Fiat verkaufen ihre großen Autos, wo früher die Kinder Radfahren lernten, sich die Knie aufschlugen. Ich mochte unser Haus, es war groß, hell und modern, der Marmorboden war bunt und die Spiegelkommode im Wohnzimmer sah stattlich aus. Sogar der Kamin funktionierte, und auf dem eingebauten Plattenspieler dudelte Adriano Celentano. Die Markise hatte dieselbe Farbe wie die Hollywoodschaukel, dunkelblaue und türkisfarbene Quadrate ineinander verschränkt, ein verwegenes Muster. Die Hunde rutschten über den glatten Boden, Adriana jagte sie immer umher. Dann bellten sie wie verrückt, bis Giorgio aus dem Mittagsschlaf auffuhr und seinen Kaffee bestellte.

Im Garten wuchsen dieser gewaltige Rosenbusch und zwei enorme Feigenbäume. Es roch wie im Paradies. Die ersten Feigen wurden jedes Jahr fröhlich begrüßt, wir aßen

Feigen tagaus, tagein, und schon bald hatten alle Durchfall. Der Baum aber trug Unmengen weiterer Früchte, sie fielen, reif wie sie waren, auf den matschigen Boden. Ein Haus wie aus *Casa e Giardino. Haus und Garten.* In ein Magazin haben wir es dennoch nie geschafft.

Erst als Giorgio in Pension ging, sind wir wieder in die Stadt gezogen. Aber da war die Kleine schon groß und längst in Deutschland.

Wir wohnten im Zentrum von Mantua, als Giorgio an einem Aprilmorgen in den Zug stieg und nach Gallipoli fuhr, ganz nach unten, in den Absatz des Stiefels Italien. Als er zurückkam, hatte er eine kleine Wohnung in einem neuen Wohnviertel gekauft. Die Nachbarn waren zwar Mafiosi allesamt, aber das Meer – zwei Straßen weiter – war wundervoll, ich habe es geliebt und den Rest in Kauf genommen. Den Frühling und den Herbst haben wir dort verbracht, wie echte Pensionäre, die nach Florida ziehen, der alten Knochen wegen.

In den Bergen, gleich bei Verona, baute Giorgio ein kleines Berghaus für die Sommerfrische. Es war ein hübsches Häuschen, Giorgio war ein kluger Baumeister. Es schmiegte sich an den Berg, als wäre es schon immer dagewesen. Dort oben war es angenehm frisch, Mantua ist im Sommer voller Moskitos und schwül, dafür hält sich der Nebel im Winter zwei, drei Monate lang, ein schwieriges Klima.

Im Berghaus holten wir das Wasser aus dem Brunnen, Licht gab es keins. Wir spielten bei Kerzenlicht Canasta und schauten auf den Gardasee, der weit in der Ferne glitzerte. Wie gerne wäre ich geschwommen ... Ich habe dann so lange genervt, bis Giorgio das Haus verkauft und in einem Dorf am See einen Dachboden gekauft hat. Der wurde wieder geschickt ausgebaut. Das war die letzte Baustelle. Giorgio ist gestorben und ich bin bis zum letzten Sommer schwimmen gegangen. Von Mai bis Oktober war ich unterwegs. Im Frühling und im Herbst in Gallipoli, im Sommer ist es dort zu heiß, dann war ich gern am See, der deutlich kühler ist. Ich weiß gar nicht, ob es diese Gewitter noch gibt. Mit ganzer Kraft musste man sich gegen die geschlossenen Fensterläden stemmen. Es war immer dramatisch. Würden die Läden, die Fenster die Wucht aushalten? Wenn es vorbei war, sah der See umso harmloser aus, als wäre nie etwas gewesen. Die Wiesen und Häuser waren rein gewaschen und die Luft so klar. Die Wohnung am See befindet sich in einem alten Haus. Es ächzt und es regnet rein. Aber eigentlich geht es ihm gut. Ich weiß nicht, woher ich das weiß, aber ich weiß es.

Ob es im Paradies wirklich nach Rosen und Feigen riecht, werde ich bald feststellen können, aber wie erzähle ich es dann den Lebenden? Wie erzähle ich es Adriana? Sie sagt, man könne die Verbindung zur Erde halten. Das sei »spooky«, sagen meine Enkel.

Möchte ich wirklich ein Dybbuk werden, der jeden zweiten Tag in meine Nichte schlüpft, um ihr aus dem Jenseits zu berichten? Ich werde ihr einmal im Traum erscheinen, ihr sagen, dass es mir gut geht, sie sich keine Sorgen machen soll, und dann lasse ich die Arme in Ruhe.

Sie soll sich auf ihre Proben konzentrieren und auf eine neue Liebe. Sich ein feines Leinenkleid kaufen, gute Lederstiefel, und das Leben genießen. So wie ich es in den letzten fünfundzwanzig Jahren getan habe. Ich hätte früher damit anfangen sollen. Ich werde im Traum sagen: So, meine Kleine, jetzt renn los, du bist frei, ich beschütze dich.

Meine Arbeit als Opernregisseurin liegt brach. Alle Produktionen werden verschoben. Ich sitze am Schreibtisch und bereite auf gut Glück Inszenierungen vor. Sollte es jemals wieder losgehen, kann ich zehn Opern aus dem Stegreif. Immerhin regt sich zumindest in der Filmbranche wieder etwas, wenn auch zaghaft. In Berlin und anderswo wird vereinzelt, unter strengsten Maßnahmen und mit absurdesten Regeln, wieder gedreht. Ich bekomme eine Rolle in einem Horrorfilm angeboten. Der Drehort ist Prag. Mir ist alles recht, Hauptsache raus. Ich reise allein, in leeren Zügen, durch verlassene Orte. Lebe ich überhaupt noch oder bin ich auch schon im Jenseits?

Tante möchte eine Abschiedstour durch »ihre Häuser« machen. Das wiederholt sie inzwischen bei jedem unserer Telefonate. Sie möchte mir ihre Verstecke zeigen, wo Schmuck und Dukaten liegen, Schlüssel und allerlei andere Kostbarkeiten. Und sie möchte die Häuser noch einmal riechen. Außerdem möchte sie zu mir nach Berlin kommen und ins KaDeWe. Früher kam sie jeden Winter, blieb mindestens zwei Monate und fuhr täglich mit dem Bus zu ihrem geliebten Kaufhaus. Sie möchte noch einmal durch die Wurstabteilung schlendern und die mit Käse überbackenen Brötchen essen. Das muss doch möglich sein! Sterben, ohne nochmals im KaDeWe gewesen zu sein? Wo kommen wir denn da hin? Sie darf – im Gegensatz zu mir – immer noch nicht raus. Die Türen werden strengstens bewacht und verriegelt. Tante ist außer sich. Ich versuche, sie am Telefon zu trösten.

»Die ganze Welt ist betroffen, nicht nur du«, sage ich. Aber was kümmert eine Hundertjährige die ganze Welt? »Ich komme bald, Zia, egal wie, dann bringe ich dir die Brötchen aus dem KaDeWe mit.«

Sie kosten so viel wie anderswo ein Kilo Brot, aber sie sind »upperclass«, wie die Tante eben auch.

»Ja, Liebes, beeil dich. Ich freue mich. Danke, dass du dich gemeldet hast.«

Sie möchte schnell auflegen, der Kummer ist zu groß. Noch einmal die Welt riechen. Klingt frivol, aber ich kann es so gut verstehen. Ich habe keinen besonders raffinierten Geruchssinn, als Parfümeurin wäre ich eine Niete, aber ich liebe es dennoch, an Dingen zu riechen. An einem neuen Kleid, das so frisch und nach Maiglöckchen riecht, an dem 3B-Bleistift, der hölzern und nach Herbst riecht, und ja, auch an Tantes Häusern, die sie zwar nicht mehr besitzt, die es aber noch gibt. Die riechen nach Sommer oder nach dem Hornissennest im Vorhang. Nach den Grissini, die über Jahrzehnte auf dem Boden verstreut wurden. Nach Mottenkugeln sowieso und nach Glasflaschen, die wie eine Armee auf dem Dachboden auf ihren Marschbefehl warten. Staub, auf den die Sonne scheint, erinnert an Kindheit und riecht anders als frisch gestärkte Laken, die wiederum an eine Reise in den Süden erinnern. Tante erinnert sich. Kein Wunder, dass sie die Gerüche vermisst, die Seismografen eines Lebens.

Inzwischen kann man alle möglichen Gerüche in kleinen Flaschen kaufen. Den Duft von Bouillabaisse, Berliner Straßen-Geruch, Tankstellen-Odeur oder den Duft frisch gemähter Felder.

Ich werde mich eindecken und Tante die Erinnerungen in kleinen Flaschen bringen, wenn ich endlich zu ihr darf.

Vor langer Zeit habe ich für die Berliner Staatsoper an einem Opernprojekt gearbeitet: Was nimmt der Mensch als Erstes wahr, was als Letztes? Alles Mögliche hat die Forschung schon getestet, es war die Musik, die schließlich gewann. Embryos hören Musik im Mutterleib, Babys werden still und aufmerksam, wenn man sie mit Tönen unterhält. Alzheimer-Patienten, die apathisch vor sich hinstarren, werden aufgeregt oder gar glücklich, strahlen, denn sie erkennen die alten Melodien wieder.

Eine schwer demente alte Dame rannte damals während der Proben immer im selben Moment zum Klavier, um dem Pianisten die Seite umzublättern. Dieser zuckte und war in Sorge, aber die Greisin blätterte haargenau an der richtigen Stelle die Noten um. Ich kann das nicht mal ohne Demenz!

Bleiben die Gerüche so lange wie die Töne?

Der Sehsinn hat die Tante schon verlassen, immer öfter bittet sie darum, das Licht anzumachen, es sei stockfinster, dabei ist es helllichter Tag. Verabschiedet hat sich nun auch der Hörsinn fast vollständig, meistens muss man brüllen. Manchmal allerdings hört sie für einen kurzen Moment erstaunlich gut. Ein Satz, den man geflüstert hat, ist ihr nicht entgangen. Dann kichert sie fröhlich vor sich hin und ich weiß nicht, was sie wohl glaubt, verstanden zu haben.

Sie ist inzwischen so zart und dünn geworden, dass schon das Laken zu schwer wiegt. Der Tastsinn hat sich verändert und ihren ganzen Körper eingenommen. Jeder kleinste Stoß verletzt sie. Der Geruchssinn ist heil geblieben, vor allem in der Erinnerung. Sie ordnet sogar den Städten ihres Lebens Gerüche zu. Die Costiera amalfitana riecht nach Mandarinen, die Ostküste der USA nach Kiefern und Jugoslawien nach Schweiß. Opatija riecht nach Apfelstrudel, Wien nach Verrat und Zimt und Salzburg nach billigem Wein. Der Geruch vermischt sich mit ihren guten oder schlechten Erlebnissen.

Prag ist so unfassbar leer, der Wenzelsplatz, die Karlsbrücke: leer. Dort, wo sich sonst die Massen wälzen: Leere. Ich laufe fasziniert durch die Stadt und rufe die Tante an.

»Wo bist du?«, fragt sie.

»In Prag. Wir drehen wieder. Gerade spaziere ich an der Moldau entlang. Kein Mensch weit und breit.«

»Und wie riecht es inzwischen in der Tschechoslowakei?«

»Keine Ahnung. Irgendwie vornehm, erstaunlich vornehm«, sage ich. »Es heißt übrigens inzwischen Tschechien.«

»Das wird den Antisemiten dort auch nichts nutzen, der feine Geruch.«

»Tante!«

»Entschuldige! Wir waren so häufig dort. K.u.k., du verstehst? Zagreb, Wien, Budapest, Prag… Der Handel der Glasmanufaktur meines Vaters brachte uns dorthin. Wir sind im Hotel Paris abgestiegen, sehr vornehm. Unweit der Synagoge, der Altneu Schul. Aber das jüdische Viertel roch traurig, nach Armut. Eine komplett erhaltene Stadt mit einer komplett vernichteten jüdischen Gemeinde. Die ganze Stadt riecht nach Scheiße. So sieht's aus. Am Ende haben die Alliierten ein paar Bomben auf die Perle geworfen.«

»Okay, Tante. Ich habe es verstanden. So wütend kenne ich dich gar nicht mehr.«

»Ich bin alt, ja, aber immer noch sehr wütend!«

»Zia, calmati!«

»No, non mi calmo. Ich beruhige mich nicht, meine Wut ist flächendeckend und wird mich überleben!«

»Na schön, dann bleibt mir ja noch was von dir.«

»Mach keine Witze. Es war nicht lustig. Die Cousins aus der Servitengasse in Wien und die Tante aus der Široká in Prag waren die Ersten, die verschwanden. Erst Theresienstadt, dann Auschwitz. Das hätte uns eine Warnung sein müssen. Aber wir waren alle zu blöd. In Wien, in Prag und auch wir in Zagreb. Was sollten uns die Deutschen schon tun? Jetzt denke ich eher: Was haben sie uns nicht getan? Die Tante aus der Široká konnte übrigens aus ihrem Fenster den uralten jüdischen Friedhof sehen und das Grab von Rabbi Löw. Sie sagte immer, das bringe ihr Glück. So viel zu Rabbi Löw. Er mag gescheit gewesen sein, aber gegen die Nazis kam auch der weiseste Mann nicht an.«

»Ach, Teta Jele! Rabbi Löw hat im 16. Jahrhundert gelebt, was hätte er denn 1939 gegen die Nazis ausrichten können? Es ist vorbei.«

»Meinst du wirklich, es ist vorbei? Ich rieche die Deportation und das KZ Rab bis heute. Es roch nach

Angst, Durchfall und Tod. Und nach dem Papier, auf das wir unsere Kochrezepte schrieben. Alles, was wir einmal kochen würden. Ich zeige es dir. Ich habe die Zettel zusammengeheftet und alles einmal nachgekocht. Es hat hervorragend geschmeckt. In die Paradeissuppe ein bisschen Reis schmeckt sehr fein, Topfenstrudel mache ich dir, sobald ich zu Hause bin. Oder Palatschinken mit Marillenkonfitüre?«

»Erst Paradeissuppe, dann Palatschinken. Ich freue mich schon!«

»Wieso bist du überhaupt in Prag? Ist das nicht gefährlich?«

»Der Krieg ist vorbei, Zia, glaub es mir.«

»Na, wenn du meinst.«

»Aber lustig ist es nicht. Wir dürfen nur alleine spazieren oder zum Arbeiten ans Set, sonst ist alles verboten.«

»Bist du freiwillig da?«

»Wir drehen einen Film, Tante, das sagte ich dir doch bereits. Ich spiele einen Vampir. Ich bin ein bisschen einsam hier, aber ich gehe viel spazieren und schaue mir die Stadt an. Es gibt sechs herrliche Synagogen zu besichtigen.«

»Ja, ich kenne sie. Und auch den neuen jüdischen Friedhof. Er ist riesig. Wir waren einmal sehr viele dort.«

»Ich weiß, Tante. Dr. Franz Kafka, Egon Erwin Kisch, Franz Werfel, die Billers ...«

»Wenn auf dem Friedhof mehr Juden sind als in den Kaffeehäusern der Stadt, sollte dich das stutzig machen.«

»Es gibt gar keine Juden in den Kaffeehäusern.«

»Na bitte.«

»Außer in Tel Aviv und vielleicht in Brooklyn ist es inzwischen doch überall so, Tante.«

»Umso schlimmer.«

»Auf was willst du hinaus, Zia? Darauf, dass man nicht in die Städte fahren sollte, die ihre jüdischen, aber judenfreien Stadtteile mit solcher Inbrunst feiern?«

»Ja. Prag ist eine davon. Glaub mir.«

GESTERN SCHLICHEN ALLE um mein Bett herum, sie glaubten wohl, ich würde sie nicht hören.

»Si spegne, si spegne«, flüsterten sie: Sie erlischt.

Gleich wird Daniela kommen, um nach mir zu sehen, jede Wette.

»Buongiorno, Daniela!«

»Come sta oggi, Jelka?«

»Abbastanza bene. Heute fühle ich mich wieder gut, gestern war ich sehr müde.«

»Ja, wir haben uns Sorgen gemacht.«

»Ich komme aus einem anderen Jahrhundert, da gibt man nicht so schnell auf.«

»Das sehe ich. Jelka, lei è un fenomeno. Un giorno si spegne ... l'altro brilla.«

Also, heute leuchte ich, sagt Daniela. Aber raus darf ich trotzdem nicht. Ich wäre so gerne woanders, einfach unterwegs.

Bevor die Malattia kam, war meine Nichte immer, wirklich immer unterwegs. Ein paar Monate musste sie stillhalten, das ist ihr außerordentlich schwergefallen, doch jetzt ist sie wieder los. Jedes Mal, wenn ich mit ihr telefoniere, ist sie woanders. Hauptsache nicht zu Hause. Als wäre zu Hause die Pest.

Jetzt spielt sie einen Vampir in Prag und will mir nicht glauben, dass alle dort Vampire sind.

Vor einem Jahr war sie eine Zeit lang am Theater in Graz,

das kenne ich gut, es ist ja nur knapp zweihundert Kilometer von Zagreb entfernt. Sie hat steirisches Backhendl gegessen, Krensuppe, Marillenknödel und Hirschragout mit einer sehr dunklen Soße. Die Soße muss dunkel sein, sonst ist sie nicht genügend eingekocht. Apfel und Topfenstrudel kann ich genauso gut zubereiten wie die dort, und von Kernöl halte ich nicht viel. Sie sind hinterhältig, die Österreicher, aber kochen können sie. Tafelspitz mit Kren war das Leibgericht meines Vaters. Als Adriana von ihrem Grazer Speiseplan erzählte, war ich wieder Kind, schmeckte meine Jugend, als wäre sie erst gestern gewesen.

Die Zeiten gehen mir ein bisschen durcheinander. Ich bin 1920 geboren, meine Großmutter siezte ihren Vater und man tanzte Charleston. So lange bin ich schon am Leben. Aber Topfenpalatschinken sind Topfenpalatschinken, ob jetzt oder damals. Und Muskateller ist köstlich.

Alles fehlt mir. Ich sehne mich nach dem Leben und sitze in diesem Totenhaus fest, ohne tot zu sein. Das ist absurd. Ich ärgere mich über meine Nichte, die gerne tot wäre, weil sie die »Liebe ihres Lebens« verloren hat, was sie immer noch nicht müde wird, melodramatisch zu wiederholen. Um sie auf andere Gedanken zu bringen, habe ich sie vor einiger Zeit gefragt, was sie sieht, was ich nicht mehr sehen kann. Sie hat den Schnee schwer auf den Tannen liegen sehen, die sich bogen, aber nicht brachen. Die Sonne glitzerte auf den Bergen voller Eis. Kalt war es, sagte sie, sehr kalt, man konnte sich nirgends aufwärmen, alles war geschlossen. Früher, als ich noch in die Berge fuhr, konnte man sich auch selten aufwärmen, das sollte den Geist und den Körper stählen. Ich habe das immer gehasst. Es geht doch im Winter vor allem um die Pausen zwischendurch. Um den heißen Punsch, die roten Wangen, die nassen Kleider, die am Leib trocknen, und die ausgelassene Freude, während man langsam, am besten in der Nähe eines Kamins, wieder auftaut.

Sie hat im Sommer, vor zwei Jahren, glaube ich, den Machu Picchu bestiegen. Ich wollte mein ganzes Leben dorthin! Sie hat die Mauern und Gebäude der Inkas gesehen. Ein Altar, sagt sie, sei so ausgerichtet, dass zur Sommersonnenwende die Sonne genau ihn bescheint. Ich könnte weinen, wenn ich das nur höre. Sie ist in Moray gewesen, dort gibt es Terassenfelder, auf denen die Inkas das Mikroklima erforscht haben. Je nach Höhe haben sie unterschiedliche Gemüse- und Getreidesorten angebaut. Noch heute werden in Peru über viertausend Sorten Kartoffeln angebaut. Das wäre ein Land für meine Schwester Thea gewesen. Zeitlebens hätte sie jeden Monat eine neue Kartoffel probieren können.

Was es alles auf Erden gibt! Adriana hat all das gesehen und quengelt trotzdem herum. Ich könnte schreien über diesen Mangel an Dankbarkeit.

Manchmal allerdings klingt sie wieder wie früher. Ihre Stimme ist dann fest und fröhlich. Sie würde es nie zugeben, aber es geht ihr besser. Ich kann gehen.

Ist das unser letztes Telefonat? Jedes könnte es sein. Die Tage vergehen. Mal scheint die Sonne, wenn wir telefonieren, mal regnet es. Meist behauptet Tante, mich nicht zu hören. Ich brülle in den Hörer. Sie schweigt. Nach einer Weile höre ich sie dann flüstern: »Bist du es, Adriana?«

Der Dreh in Prag ist vorbei, ich bin nicht unglücklich. Das Arbeiten in einer dystopischen Welt schlägt aufs Gemüt. Solange man nur Vampire darstellt, geht es ja noch, aber bei einem Liebespaar wird es schwierig ... Man darf sich nicht anfassen, nicht berühren, vom Küssen wird unbedingt abgeraten. Shakespeares Dramen würden sich anbieten, Mord und Totschlag, aber auf Abstand.

»Marisa hat sich lange nicht mehr gemeldet«, höre ich die Tante leise sagen. »Und Gino auch nicht. Ich mache mir Sorgen. Und du, Adriana, geht es dir gut? Bist du gesund? Die Kinder, die Kinder, was machen sie? Immer bin ich in Sorge.«

Ich rufe Marisa an. Gino ist vor zwei Tagen gestorben. Er hatte plötzlich Atemnot, die man im Krankenhaus behandeln wollte. Dort hat ihn das Virus erwischt und er ist innerhalb weniger Tage verstorben. Marisa weint. Sie, Daniela, Dr. Bianchi und die Krankenschwestern des Heims haben beschlossen, es der Tante nicht zu erzählen. Dabei würde sie es besser als alle anderen verkraften, denke ich, aber dem kollektiven Schweigen wage ich mich nicht zu widersetzen.

Gino fuhr in seiner Freizeit mit dem Rennrad durch die kleinen norditalienischen Dörfer. Man sah ihn davonfahren in seiner »camicia gialla« mit der Aufschrift *Pantani, Tour de France 1998.* Er war zwanzig Jahre jünger als die Tante, gesund und munter, strahlend. Nach welcher Strichliste G'tt seine Leute hochholt, möchte ich gerne mal wissen.

Beim nächsten Telefonat sagt die Tante: »Endlich meldest du dich! Ich habe mir schon solche Sorgen gemacht. Wie geht es dir? Bist du gesund? Wie geht es den Kindern?«

Ich sage müde: »Ja, ja, alles gut, Zia.«

Das kann es doch nicht gewesen sein, dass wir uns am Ende nur noch wiederholen? Ich will schon auflegen, aber Tante ist auf einmal voller Fragen.

»Erzähl, was ist inzwischen draußen passiert? Was habe ich verpasst? Ich erfahre hier viel zu wenig.«

Zu Hause hörte die Tante in aller Früh die Nachrichten, laut und lange. Die angrenzenden Büros und Arztpraxen waren zu dieser Uhrzeit noch nicht besetzt, sie konnte die Lautstärke auf Maximum stellen.

Ich erinnere mich, als ich einmal Brioches holte, dass Bill Clintons Oral-Office-Affäre auf der Straße laut und deutlich zu hören war. Passanten blieben stehen und lauschten. Hatte Bill nun Sex gehabt oder nicht? Keine Scham, es ging um Breaking News.

Dann, über den Tag verteilt, etwas leiser und zwischen ihren Soaps, sah sie immer wieder *Telegiornale.* Die Nachbarn hatten sich an den Lärm gewöhnt, resigniert, oder hörten einfach mit. Nie wäre es ihr in den Sinn gekommen, sich auszuklinken, sie war Teil dieser Welt und wollte stets gut informiert sein.

Also, was gibt's Neues auf unserem Planeten? Ich fasse das Jahr kurz zusammen, Terroranschläge, Korruption und Flutkatastrophen. Und immer wieder die Malattia.

Heute hört sie mich ausgesprochen gut.

»Hm. Wie viele Tote?«

»Viele.«

»Hast du mir nichts Schöneres zu berichten? Hallo? Adriana? Bist du noch da?«

»Tja ... Die Lagune in Venedig ist sauber, überhaupt hat sich die Natur von uns erholt. Man soll Delphine am Lido gesehen haben.«

»Wirklich?«

»Und ein Bär ist im Piemont friedlich spazieren gegangen. Ganz in der Nähe der Autobahn. Man hat ihn fotografiert.«

»Das klingt doch gut.«

»Und, stell dir vor, Zia, wenn alles gut läuft, werden wieder Hunde ins Weiße Haus einziehen, mitsamt einem neuen Präsidenten. Pudels for President.«

»Eine gute Nachricht ist das, Naniza! Tiere sollten immer mitregieren. Und wie geht's den Kindern? Sind sie gesund? Ich mache mir immer Sorgen.«

»Frag nicht immer dasselbe. Das macht mich nervös.«

»Ich mache dich nervös? Aber ich sitze doch fest und kann mich nicht rühren, wie kann ich dich da nervös machen? *Du* bist nervös, weil die Welt auf der einen Seite stillsteht und auf der anderen auseinanderfällt. Das macht dich nervös. Nicht ich. Isst du auch gut? Was hast du heute gekocht? Du musst gut essen und die Kinder auch. Die Nerven zu verlieren bringt überhaupt nichts. Iss Pasta.«

»Habe ich gemacht. Pasta mit Sardinen.«

»Montags sind die Sardinen nicht frisch. Daran liegt's!«

»Wahrscheinlich. Wahrscheinlich liegt's an den Sardinen.«

»Was machen die Kinder? Sind sie gesund, geht es ihnen gut?«

»Ja, Tante, ja, sie sind gesund und es geht ihnen gut.«

»Du brauchst nicht so zu brüllen. Ich höre dich gut, warum bist du so schlecht gelaunt?«

»Bin ich nicht, ich bin nur nervös.«

»Also, was machen die Kinder?«

»Sie sind groß, Zia, nicht mehr wirklich Kinder. Sie machen Musik, und stell dir vor, es wird eine Platte geben.«

»Gibt es noch Schallplatten?«

»Ja, nein, es wird alles online zu hören sein. Verstehst du?«

»Hm ...«

»Sie machen schon Werbung und Fotos in wildester Kleidung.«

»Was haben sie an?«

»Gestern trug der Große eine hellblaue Jogginghose, einen extrem kurzen gestreiften Pullover, Westernstiefel mit recht hohen Absätzen, ein Kopftuch wie ein Pirat und Ohrringe.«

»Sehr schön. Und der Kleine?«

»Der hatte eine weite orangene Hose und einen dunkelblauen Kimono an, dazu schwarze Lackschuhe und ein

Tuch um den Kopf. Dazu nur einen kleinen Ohrring, dafür zwei Siegelringe.«

»Das gefällt mir. Sie haben Stil und Geschmack. Ein bisschen verwegen. Ein wenig weiblich, aber nicht zu viel. Viel Fantasie. Aus den beiden wird etwas, lass dir das gesagt sein. Also rege dich nicht auf. Hör zu, ich gebe dir jetzt das Rezept für den Schokoladenpudding, den ihr so liebt. Du besorgst dir Mehl, Butter, echten Kakao – am besten den holländischen – und Milch. Dann kommt es auf deine Geduld an. Du musst lange, lange rühren. Stöhn nicht, das wird dir guttun. Geduld ist das, was wir alle jetzt am meisten brauchen. Schau mich an!«

Ich weine über mein verlorenes Leben. Heute ist kein guter Tag. Ich habe keinen Atem mehr, keine Ausdauer. Es ist mir egal, ob die Schwalben ihre Kreise ziehen. Ich möchte tot sein, ein für alle Mal. Ich möchte weder über Fritz noch über meine Schwiegermutter weiter nachdenken, auch über nichts anderes mehr.

Damals wollte ich auch sterben. Wir waren schon über ein Jahr im Lager und ich verstand einfach nicht, warum. Wenn man Richtung Ausgang rannte, konnte man erschossen werden. Ich schämte mich, dass ich das in Erwägung zog, ich wollte einfach nicht mehr leben.

Später in Mantua weinte ich viel. Ich konnte mit Giorgio sprechen, wir konnten Pläne machen, kleine Häuser bauen und wieder verkaufen. Aber wozu? Ich war aus Zufall in Mantua gelandet, aber es passte nicht zu mir, nicht zu meinen Träumen. Fritz schrieb mir Postkarten aus Melbourne, er sei so allein. Wir hatten beide den Krieg verloren. Zeit ging ins Land, ich reiste in den Süden, die Sonne und das Meer taten ihr Bestes. Ich wollte einfach nicht mehr leiden. Aber was machte es für einen Sinn?

»Was hast du in deinem Leben am meisten vermisst?«, fragt mich meine Nichte. Eine Frage zum Haareraufen. »Und du?«, gebe ich die Frage zurück.

Ich weine um mein verlorenes Leben. Heute ist wirklich kein guter Tag. Ich wollte mit Georg alt werden. Enkelkinder mit ihm haben. Nun wird das alles nichts. Ich will nach Norwegen, mich in den Schnee legen und warten, bis ich sanft einschlafe. Ist Norwegen faschistisch gewesen? Na, welches Land ist es nicht gewesen? Ich bin müde vom Alleinsein. Müde vom Virus. Müde vom Warten.

Georg war mein Geliebter und er war mein Gesprächspartner. Wir haben nächtelang diskutiert. Wir haben die Welt aus demselben Blickwinkel gesehen. Das zumindest dachte ich immer. Wir wollten sie gemeinsam aus den Angeln heben. Haben stundenlang trotz Tränengas besetzte Häuser verteidigt. Freies und noch freieres Theater gemacht. Musik! Aber sowohl Georg als auch ich haben unsere traumatisierten Familien nicht verdaut. Weil wir alle immer noch an der Shoa herumkauen. Wir haben beide den Krieg verloren.

G'tt, ich kann mich selbst nicht mehr hören. Heute ist kein guter Tag. Was macht das alles für einen Sinn, dieses Leben? Worum um Himmels willen geht es?

»Ich vermisse mein Leben!«, schreie ich empört die Tante an.

»Immer noch?«

»Ja! Immer noch!«

»Aber es ist doch dein Leben«, antwortet sie schlicht. »Wie kannst du es vermissen? Nimm es dir doch einfach.«

Heute geht es mir besser. Der Schokoladenpudding, den sie mir gebracht haben, ist mit meinem nicht vergleichbar, aber in der Wirkung dennoch akzeptabel. Ich habe mich ohne Gezeter kämmen lassen, es ist nicht gut, sich gehen zu lassen, egal in welchem Alter.

Meine Nichte fragt mich, was ich als Erstes machen möchte, wenn die Malattia vorbei ist. Ich möchte nach Hause gehen, in meiner kleinen Küche einen Espresso aufsetzen und ihn in meinem Sessel genüsslich ausschlürfen. Ich möchte im Park sitzen und die Vögel füttern. Zuschauen, wie sie sich das Brot gegenseitig stibitzen und dabei laut zwitschern. Ich möchte am See den Sonnenuntergang und den Sonnenaufgang sehen und wieder den Untergang und wieder den Aufgang. Ich möchte mir ein senfgelbes Cashmere-Twinset kaufen, unter den Portici spazieren gehen und ein Zitronen-Eis essen. Ich möchte allen zeigen, dass ich noch lebe.

Meine Nichte möchte tanzen, feiern und lachen und jeden, den sie mag, umarmen und küssen. Jeden? Was für eine Idee! Sie möchte drinnen und draußen feiern und singen und tanzen und gar nicht mehr aufhören und dazwischen Filme sehen im Kino oder unter freiem Himmel. Sie will nach Indien, weil es dort ganz anders ist als hier. Mich müsste man dorthin prügeln, zu all dem Elend. Das genau will sie sehen. Möglichst bald. Wenn sie schon mal da ist, auch gleich die Malediven, auch unter Wasser, weil dort die

Schildkröten an einem vorbeischwimmen. Sie will Dinge essen, die zu scharf, bunt oder glibberig sind, zusammen mit Menschen anderer Religionen und Sprachen. Mir schwindelt schon vom Zuhören. Eine selbst gemachte Pasta-Soße würde mir reichen und mein Glück wäre perfekt.

Wir quälen uns beide. Die Tage vergehen und nichts von alldem passiert. Die Träume werden immer intensiver, die Sehnsucht auch. Und der Mangel schlägt grobe Kerben.

Wunschlos zu sein wäre natürlich besser, ruhiger, gelassener. Ich habe nichts von einem Zen-Mönch. Es kommt mir der Verdacht, dass ich so lange zu leben habe, bis ich einverstanden bin mit allem. Mit jedem Moment, auch dem langweiligsten. Einverstanden, dass nichts, aber auch gar nichts geht von dem, was ich mir wünsche.

Was ist denn ein erfülltes Leben? Alles hinnehmen, vermute ich. Dem Universum die Aufsicht überlassen. Ist es denn so schlimm, die Spatzen füttern zu wollen? Nein, es ist nicht schlimm, es bringt nur nichts, weil ich es jetzt nicht kann, antwortet der Mönch in mir.

Es gibt Alte, die sind schon ein bisschen wie Gemüse. Oder Salat. Sie vegetieren vor sich hin. Ich nicht. Ich bin tipptopp in Form, wie die Schweizer sagen. Und ich habe eindeutig kein Alzheimer. Ich weiß genau, was übermorgen für ein Tag ist.

Soll ich so tun, als hätte ich es vergessen, als wäre ich senil? Meine arme Kleine, was wird sie an diesem Tag tun? Adriana hofft inständig, ich würde es vergessen oder nicht wissen. Es ist nicht einfach, sich hier drinnen die Tage, Wochen oder Monate zu merken. Aber ich kann es. Ich war immer gut in Buchführung, auch ohne Striche an der Wand wie in den Filmen über Sing Sing. Noch zwei Tage und es ist der 29. Mai, dann werde ich hundert Jahre alt.

Mein plan war, so lange zu behaupten, es sei März, bis die Grenzen geöffnet werden, dann sofort loszufahren und so zu tun, als wäre genau in diesem Augenblick der 29. Mai, Tantes hundertster Geburtstag, und wir könnten ihn zusammen feiern. Das wird nicht klappen. Die Grenzen sind immer noch nicht offen und Tante ist zu klar im Kopf.

»Tante, liebe Zia, es sieht schlecht aus mit deinem Geburtstag. Alle hundert Jahre müsste man es schaffen zu feiern, denkt man. Weit gefehlt. Es tut mir so leid. Ohne Feier kein Alter. Du wirst neunundneunzig bleiben auf immer und ewig. Wie findest du das?«

Ich übe aufmunternde Texte. Sie gelingen mäßig. Und wenn ich sie doch rasch entführe? Sie heimlich in einen VW-Bus packe und erst in Schöneberg wieder raushole? Hundert Kerzen und alle meine Freunde singen!

Was ist schlimmer: Sie steckt sich an im Moloch Berlin oder sie bleibt ewig – aber allein – am Leben? Pest oder Cholera. Wenn ich sie frage, ob ich sie nach Berlin holen soll, lächelt sie und sagt, warten wir ab. Worauf sollen wir denn noch warten?

Sie haben einen riesigen Kuchen gebacken, mit einer Hundert aus Schokoladenguss obendrauf. Drumherum sind Erdbeeren und in der Mitte Creme. Der Kuchen ist fast einen Meter groß. Blumen stehen auf dem Tisch, ein Meer an Blumen. Eine übergroße Orchidee, ein gewaltiger Strauß Rosen, Sommerblumen.

Ich in der Mitte des Aufenthaltsraumes und alle im Kreis drum herum. Sie klatschen und jubeln und ihre zahnlosen Münder lächeln. Sie rollen in ihren Rollstühlen zu mir und wünschen mir alles Gute. Einige haben doch den dritten Stock überlebt. Ich freue mich, sie wiederzusehen.

Nacheinander lassen sich alle mit mir fotografieren, die Patienten, die Schwestern, die Pfleger. Dr. Bianchi hält eine Rede. Man solle sich ein Beispiel an mir nehmen. Pasqualina rollt neben mich und singt allein und wunderschön *Azzurro,* das hätte ich ihr gar nicht zugetraut. Sie hat keine Zähne mehr, kein Gebiss, und sieht plötzlich so schön aus wie Milva. Dann singen alle zusammen. »Tanti auguri a teeeee!«

Ich bin das Maskottchen, sagen sie, ihr Glücksbringer, ich bin ein Engel. Es ist herrlich, nicht eine Sekunde bin ich allein. Ich bin das Gegenteil von allein. Niemand hat meinen Geburtstag vergessen.

Ich sehe meinen Vater, ausnahmsweise lächelnd. Er beugt sich zu mir herunter und legt mir eine wunderschöne Kette um, ich fühle mich geliebt und erwachsen.

Giorgio schenkt mir ein »Etrusker-Topfset«. Achtundzwanzig Töpfe unterschiedlicher Größe, drei Pfannen in Durchfallbraun, mit gelben, nackten kämpfenden Männern als Design. Wenn es nicht so komisch wäre, würde ich auf der Stelle losweinen.

Wir feiern auf der Promenade in Split. Es ist schon warm, ich trage Sandalen und Fritz gibt mir eine Rose und einen Kuss.

Adriana ist mir aus dem Flughafengebäude entgegengelaufen. Stürmisch hat sie mich umarmt. Aus der Tasche, die sie auf dem Boden abgestellt hat, lugt eine kleine Schnauze heraus. Fiept. Ein winziges Hündchen. Ein Yorkshire-Terrier-Welpe. Sie hat mir zum Geburtstag einen kleinen Hund mitgebracht. Ich bin selig.

Ich bade im Atlantik. Es ist mein erster Besuch in den USA, meine Cousins leben hier. Ich habe gehungert und es schwer gehabt, und wenn man mir gesagt hätte, ich würde mal einen Geburtstag in den Staaten feiern, ich hätte es nicht geglaubt. Jetzt esse ich Austern am Strand.

Ich habe schon neunundneunzigmal Geburtstag gefeiert. Und heute zum hundertsten Mal. Vielleicht habe ich das Leben nicht gemeistert. Aber gelebt habe ich es.

Heute ist der hundertste Geburtstag von Jelka Motta geb. Fuhrmann. Meiner Teta Jele. Ein schöner sommerlicher Maientag. Ich bin zu ruhelos, um zu Hause zu sitzen. Folge einer Einladung von Freunden, die auf dem Land leben. Dort müssen Schafe geschoren werden. Als Waldorfschülerin bin ich für solche Tätigkeiten prädestiniert. So vertreibe ich mir die Zeit. Um vier Uhr am Nachmittag werde ich mit der Tante skypen. Ich habe ihr schon um neun Uhr gratuliert, ich war die Erste, sie klang heiter und absolut zuversichtlich.

»Ich bin so froh, meine kleine Naniza, wir haben es geschafft, ich bin hundert, du bist sechzig. Wir haben gelebt, verstehst du, gelebt! Was sind wir doch für Glückspilze.«

Am Nachmittag bin ich mit dem Auto in Brandenburg unterwegs. Halte auf einem Autobahnparkplatz. Es gibt nur wenig Verkehr, die Raststätte ist geschlossen, die Papierkörbe quellen über.

Die Verbindung kommt, reißt wieder ab. Auf dem Smartphone von Daniela sehe ich schließlich die Tante. Sie thront im Pyjama in ihrem Rollstuhl vor einer riesigen Torte, umgeben von Blumen und winkenden Alten. Ihre Haare sind offen, die weiße Mähne, die zarte, aber lederne Haut. Nscho-tschi Apachentochter. Alle winken mir zu, auch meine Tante, die Richtung stimmt nicht ganz, sie kann mich nicht sehen, aber sie folgt meiner Stimme.

»Ich gratuliere dir von ganzem Herzen! Es ist so schade, dass ich nicht da sein kann, aber ich sehe, du wirst gefeiert!«

»Ich bin hundert, Adriana, stell dir vor, hundert«, sagt sie. »Und alle feiern mich und sind so nett. Mach dir keine Sorgen, dass du nicht da sein kannst. Ich bin ja erst hundert und werde noch viel, viel älter.«

»Ja, Zia, das ist zu befürchten«, scherze ich schwach und füge schnell hinzu: »Mazeltov! Hast du gut gemacht.«

Auf dem Bildschirm meines Smartphones wackelt alles. Mal sehe ich die Beeren auf der Torte, mal das Fenster zum Garten. Daniela tupft Tante irgendetwas vom Pyjama ab. Dann ist Schluss.

Das war der hundertste Geburtstag meiner Tante. Man kann nicht zu viel erwarten vom Leben, sage ich mir und merke kaum, dass ich weine. Weine auf einem verlassenen Autobahnparkplatz in Brandenburg. Dann starte ich meinen alten Wagen und fahre weiter, nach Hause.

Die runden Geburtstage waren längst vorbei. Alles ging seinen gewohnten Gang, als wäre nichts geschehen. In der Jüdischen Allgemeinen las ich:

Eine Frau geht zum Rabbiner. »Rabbi, ich habe den Wunsch, ewig zu leben.«

»Heirate«, sagt der Rabbi.

»Und werde ich dann ewig leben?«

»Nein, aber der Wunsch wird vergehen.«

Ein ganzes weiteres Jahr verging, ich durfte endlich wieder zur Tante, nur selten und angemeldet, aber in persona. Bei der ersten Einreise hatte ich einen Leihwagen genommen, denn nach wie vor fuhren die Züge unregelmäßig, man musste am Brenner aussteigen und hoffen, dass ein italienischer Regionalzug einen abholte. Am Autobahn-Grenzübergang Kufstein herrschte Chaos, österreichische Beamte kontrollierten die Ausweise, sie trugen Waffen und ich musste unterschreiben, dass ich weder zum Tanken noch zur Notdurft in Österreich halten würde. Schwitzend unterzeichnete ich alles, mit den Österreichern war nicht zu spaßen. Kaum war ich in Italien, hielt ich für den obligatorischen ersten Espresso. Der schmeckte wie immer nach Ferien und Domenico Modugno. Ein Mann hielt eine Art Pistole an meinen Kopf, er schoss Gott sei Dank nicht, sondern maß Fieber. Ich hatte keines, also durfte ich weitertrinken.

Der Gardasee sah aus wie auf einer Postkarte aus den fünfziger Jahren. Ich fuhr allein, auf menschenleeren Straßen, an bunten Schirmen vorbei. Auch in Mantua war ich die einzige Reisende weit und breit. Im Heim zeigte ich meinen Test vor, durfte mit Maske – endlich! – zur Tante, die Mühe hatte, mich so vermummt überhaupt zu erkennen, schließlich hörte sie meine Stimme, riss sich ihre Maske herunter und wollte nicht aufhören, mich zu umarmen.

»Endlich! Endlich bist du da! Sei venuta, sei arrivata! Finalmente!«

Sie war noch kleiner und zarter geworden, als ich es für möglich gehalten hatte, aber sie saß kerzengrade und voller Würde in ihrem Bett.

»Komm, Zia, wir gehen zum Automaten. Der hat Espresso, was meinst du?«

Ich schob sie in den Warteraum, Tante wollte vier Löffel Zucker haben, schwarz muss er sein und sehr, sehr süß, wir tranken grinsend unseren Espresso. Ich hatte ihr ein T-Shirt von Missoni gekauft, ein teures Teil, sehr bunt, sehr erlesen. Es stand ihr hervorragend, sie strahlte.

»Es lohnt sich nicht, billigen Ramsch zu kaufen, dieses T-Shirt wird ewig halten, das sage ich dir.«

Sie wollte ganz offensichtlich noch weitere hundert Jahre leben.

Dann legte sie ihre Hand in meine, hielt mich fest und schlief ein. So saßen wir, bis man mich hinauswarf, endlich ein paar Stunden zusammen.

Ein Jahr lang kam ich einmal im Monat zu ihr. Man ließ mich jeweils an zwei aufeinanderfolgenden Tagen zu ihr hinein, ausnahmsweise, denn ich kam von sehr weit her.

Manchmal nahm ich die Jungs mit. Sie plapperten auf die Tante ein, hielten ihre Hand oder umarmten sie. Tante sonnte sich in ihren Armen, bevor sie zufrieden lächelnd wieder eindämmerte.

Auch an ihrem hundertundersten Geburtstag durfte ich sie besuchen, es ging ihr nicht gut. Sie schlief den ganzen Tag durch. Wenn ich versuchte, sie zu wecken, klagte sie: »Lass mich und schrei nicht so, ich möchte schlafen, ich bin so müde.« Ich war mir sicher, sie würde in derselben Nacht noch sterben.

Am nächsten Morgen aber saß sie putzmunter im Sessel.

»Stell dir vor, ich bin dreißig Jahre alt!«, lächelte sie mich an. Ich hatte ihr wieder die teure Shiseido-Creme mitgebracht, sie steckte den Finger in das Döschen, jauchzte leise und verstrich die kostbare Salbe fein säuberlich auf dem ganzen Gesicht.

»La crema è la piu bella cosa del mondo! – Creme ist doch das Schönste im Leben!«

»Brauchst du sonst noch etwas, Tantchen?«

»Nein, nichts. Alles ist gut. Erzähl mir etwas.«

Ich erzählte ihr von ihrer Hündin Lilly, die bei meinem Freund Matthias in Berlin lebte. Beide waren sehr zufrieden miteinander. Dass ich dabei war, die kaputte Regenrinne des Zirkuswagens am See zu reparieren. Dass ich ihr Amulett gefunden hatte. »Und schöne Grüße von den Jungs, sie vermissen dich und deinen Schokoladenpudding!« Ich berichtete von den Kroaten, die mir viel gewichtige Post, aber immer noch kein Geld geschickt hatten.

»Du hast so viel geschafft, viel mehr, als ich dachte. Brava, brava.«

Sie lächelte, fröhlich, dann schloss sie die Augen.

»Ein bisschen wehmütig bin ich zu gehen, ich hatte mich so an das Meer gewöhnt.«

»Wie kommst du jetzt darauf?«

»Ich weiß nicht. Ich träume immer wieder vom Wasser.«

»Mach dir keine Sorgen, du kannst gehen, Zia, ich passe hier auf. Oder hast du Angst?«

»Angst? Wovor? Vor den Haifischen?« Sie kicherte leise vor sich hin. »Ich muss das Einschreiben nach Kroatien losschicken und mich umziehen. Sono molto sola«, sagte sie plötzlich.

»Aber Zia, das Einschreiben mache ich, non sei sola, und: Du bist nicht alleine, ich bin doch da! Ich komme auch morgen wieder.«

»Komm, wann du magst, ich habe morgen keine Termine. Jetzt bin ich müde. Ich bin doch ein bisschen älter geworden. Stell dir vor, heute werde ich dreihundert, das hätte ich nie für möglich gehalten. Das musst du unbedingt deiner Mutter erzählen!«

Es wurde Herbst und ich saß regelmäßig an ihrem Bett. Der scharfe Geruch des Desinfektionsmittels, das Piepen der Apparate, die Schwestern im Flur. Auch ich war inzwischen Inventar. Dr. Bianchi kam immer öfter vorbei.

Er streichelte Tante über die Stirn und fragte mich nach Berlin und meiner Arbeit aus. Die Zeit verging und stand gleichermaßen still.

Im September nahm ich die Jungs ein letztes Mal mit. Tante küsste ihre Hände und sagte in mantuanischem Dialekt: »Fa rabbir, tüti dü! Spitzbuben, beide!«

Als ich im November kam, hatte man Tante in den dritten Stock verlegt und jeder wusste, was das bedeutete. Ich ließ mich auf den Stuhl an ihrem Bett fallen und blieb dort. Sie murmelte leise »Naniza« und drehte den Kopf zur Seite. Seitdem musste ich mich anstrengen, um ihren Atem zu hören.

Vom dritten Stock aus konnte man den kleinen See sehen. Eine Ecke der Altstadt lugte hinter den Bäumen hervor, die sich im Wind bogen. Noch einmal die Schönheit Mantuas sehen, bevor man auf immer ging? Ich saß und saß. Einmal am Tag lief ich durch den Regen am See entlang in die Stadt, aß einen Toast, trank einen Cappuccino, kam zurück und saß weiter neben Zia. Die Woche verging.

Daniela kam vorbei, wir teilten uns in Tantes Namen einige Pralinen. Ich sang Tante etwas vor, auf Deutsch, Italienisch, Kroatisch. Sie wurde unruhig. Mozart gefiel ihr besser. Ich spielte ihr *Die Entführung aus dem Serail* vor, streichelte ihre Wange, ihr feines Haar, ihre Hand. Etwas schien sie noch zu quälen. Gehen zu wollen, aber nicht zu können sieht nicht schön aus.

»Teta Jele, dai forza, fatti coraggio! Du kannst gehen, es geht mir gut! Du wirst deine Schwester wiedersehen und Fritz und ... na ja, wer weiß, wen noch?!«

Irina kam vorbei. Machte ein Kreuz auf Tantes Stirn,

entschuldigte sich, sie hatte mich nicht gesehen. Ob ich jetzt böse sei? Alles gut, ich sei nicht böse, grinste ich aus meiner Ecke, der jüdische Gott hätte es ohnehin nicht gesehen, er sei anderweitig beschäftigt.

Wo war er nun wirklich, dieser barmherzige Gott? Warum war er nicht in der Lage, Tantchen endlich zu sich zu holen? Was hatte er so wichtiges anderes zu tun?

Auch ich wurde ungeduldig. Ein Epos ohne Ende, Tantes Leben. Wie konnte ich ihr das Gehen erleichtern? Was konnte ich sagen?

»Ich habe einen Freund, Zia! Er ist groß und schön und sehr nett«, versuchte ich mein Glück.

Tante röchelte kurz, aber öffnete nicht einmal die Augen.

Darf man ein bisschen lügen in solch einem Moment?

»Und er ist Jude!«, setzte ich noch einen drauf.

Tante riss die Augen auf: »Davvero? Wirklich?«, seufzte sie, fiel in die Kissen zurück und schlief unruhig wieder ein.

Vielleicht hätte ich sagen sollen: »Tante, er ist Kommunist!« Dann hätte die Tante der Schlag getroffen und sie wäre endlich erlöst gewesen.

»Ora vada a dormire«, sagte mir der väterliche Dr. Biancchi, als er mich aus dem Zimmer schickte. »Non si preoccupi, noi ci siamo.«

Ja, ich wusste, sie war in guten, professionellen Händen, trotzdem blieb es verstörend, das Zimmer zu verlassen. Würde sie besser gehen können, wenn ich weg war?

In Mantua hatte nur noch das *Caravatti* auf. *Storico caffè nel centro di Mantova.* Ein altehrwürdiges Café aus dem

Jahre 1865. Der lange Tresen, die Tramezzini, ich hörte leise Lucio Dalla, *Come è profondo il mare,* summte mit. Besser summen als heulen.

Die Pandemie und der Regen hatten die mittelalterliche Stadt leer gefegt. Man hätte jetzt gut die Geschichte der verfeindeten Adelsfamilien Bonacolsi/Gonzaga drehen können. Vom Regen durchnässt, vor Müdigkeit frierend, trank ich Cynar, bis die Bar schloss und ich in Tantes vollgestopfte, verlassene Wohnung schlich.

Als ich am nächsten Morgen wieder zu ihr kam, sah ich ihn sofort, den Tod. Er war in ihrem Gesicht, er saß auf ihrer Brust, er reichte ihr die Hand. Er fraß sich sehr behutsam in ihre Wangen, höhlte sie aus, drückte die Augäpfel nieder. Ein weißes Dreieck hatte er um Tantes Mund gezeichnet, ließ sie röcheln, spielte mit ihrem Atem.

Ich starrte sie an, wie man in ein Lagerfeuer starrt, das brennt, auszugehen droht, wieder Luft bekommt und leise vor sich hin flackert. Sie war so klein wie ein nasses Vögelchen und so allein.

»Du kannst gehen, Zia. Du brauchst dir wirklich keine Sorgen mehr zu machen. Dein Schmuck ist bei mir. Das Dach deiner Wohnung am Gardasee ist dicht, die Möbel sind unversehrt. Die Jungs arbeiten und haben hübsche Freundinnen. Andiamo, Zietta.«

Aber Tantchen ging nicht.

Wie möchte ich sterben? Diese Frage stellte ich mir – nicht zum ersten Mal – auf der maroden Bank im Park von Tantes Heim, in der fahlen Novembersonne, eine kurze Verschnaufpause. Ich wusste es nicht. Schnell wäre schon mal nicht schlecht, und ich wollte eingeäschert werden, ob es meiner Religion passte oder nicht.

Als hätte er meine Gedanken gehört, klingelte mein Handy und Dr. Norsa aus der jüdischen Gemeinde meldete sich zu Wort.

»Signorina Adriana? Pronto?«

»Si, pronto, con chi parlo?«

»Dr. Norsa, Comunità ebraica di Mantova, wie geht es Signora Fuhrmann? Wir hören, sie ist schwach. Haben Sie sich schon Gedanken über alles Weitere gemacht?«

»Ja, nein, ich weiß nicht.« Ich war überrumpelt, obgleich die Frage natürlich berechtigt war.

»Sie wird wahrscheinlich hundertzwanzig, aber sollte sie es sich doch anders überlegen, möchte sie eingeäschert werden und die Asche soll im Gardasee, in der Adria bei Split und im Ionischen Meer bei Gallipoli verteilt werden. Das hat sie mir ausdrücklich und oft gesagt.«

»No, Signorina Adriana, das sehen wir anders.«

Tante lebte noch, aber die jüdische Gemeinde in Mantua wollte schon einmal die Beerdigung organisieren. Alle jüdischen Gemeinden auf der ganzen Welt sind gleich! Sie sind fürs Sterben zuständig, leben muss man schon selber.

Ein Ball flog vor meine Füße. Ich kickte ihn zurück. Kinder und Hunde rannten durch den Park. Fast alle Blätter waren schon herabgefallen. Ein Baby schrie. Nach den Besuchen bei der Tante war mir das Herz oft schwer, aber das Leben ging weiter.

»Pronto, Signorina Adriana?«

Dr. Norsa ließ nicht locker, er insistierte, auf dem Friedhof der jüdischen Gemeinde sei viel Platz, er wäre stolz, wenn die Tante dort ihre letzte Ruhe fände.

»In der Gemeinde liegt nämlich ein amtliches Schreiben, in dem Jelka Fuhrmann – im Vollbesitz ihrer geistigen Kräfte – festhält, dass sie auf dem jüdischen Friedhof beerdigt werden möchte. In einem schlichten Sarg, nach jüdischem Ritus, die Kosten trage ihre Nichte aus Berlin. Wenn Sie es sehen möchten, ich bringe es sehr gerne selbst vorbei!«

»Ich zahle alles, das ist nicht das Problem, Dottore, aber Tantes Aussagen widersprechen sich. Nach welchem Wunsch soll ich mich richten? Sagen Sie es mir!«

»Rufen Sie mich an, wenn Sie sich entschieden haben«, antwortete er rasch und legte auf.

Der Wind hatte zugenommen, Mütter packten ihre Kinder und liefen vor dem Regen davon.

Ich ging zurück zu Tantchen. Sie schnarchte leise vor sich hin.

»Zietta, ich werde dich auf dem jüdischen Friedhof begraben lassen«, flüsterte ich. »Deine Enkel werden das Kaddisch für dich sprechen. Im Mai, zu deinem Geburtstag, werden Tausende Mohnblumen im Frühlingswind wehen. Es wird wunderschön aussehen. Im Sommer werden wir deine geliebten Cashmere-Twinsets verbrennen und die Asche in den Gardasee, ins nördliche Adriatische Meer vor Split und ins Ionische Meer verstreuen. So können die Motten ihnen nichts mehr anhaben und wir werden beim Baden von dir begleitet. Was hältst du davon?«

Ich schwöre, Tante hat genickt, und ein zartes Lächeln war zu sehen.

WARUM NUR fällt es mir so schwer zu gehen?

Nichts hält mich mehr, und dennoch.

Ich mache den Mund auf, wenn mittags der Löffel vor meinem Gesicht erscheint. Schlucke die Suppe, den Joghurt. Trinke das Wasser, reflexartig bleibe ich am Leben.

Ich schließe und öffne die Augen und bin hier und doch nicht mehr hier.

Mein Körper ist einfach zu gesund. Mein Herz würde noch Jahrzehnte schlagen, ich habe das Jahrhundert durchlaufen und nun finde ich kein Ende. Es fällt mir schwer, mich von Adriana zu verabschieden, sehr schwer.

Ich spüre genau, wann meine Nichte da ist. Sie legt ihre warme Hand an meine Wange und flüstert zärtlich, ich solle mir keine Sorgen machen.

Ich spüre, wenn sie die Kinder dabeihat, den Kleinen, der ganz selbstverständlich meine Hand hält, den Großen, der mich nach wie vor zum Schmunzeln bringt. Fesche Jungs.

Alles ist gut. Ich verzeihe dir, G'tt.

GROSSEN DANK AN:

Alle meine Freundinnen und Freunde, die mich mit Hingabe und Humor durch diese letzten Jahre getragen und gestupst haben.

Aaron und Lenny, ihr seid tolle junge Männer und ich kann mich nicht genug bedanken und freuen.

Regina, meine Freundin, meine erste Lektorin. Du warst die Ideengeberin zu diesem Buch. Was soll ich sagen? Es war eine sehr gute Idee!

Sandra Heinrici, du bist seit dem ersten Buch meine Lektorin und du wirst immer nur besser. Wohin wird das noch führen?!

Christian Neidhart, ich liebe deine Genauigkeit und deinen Witz.

Und Dank an:

Christine Meneses, Cordula Stratmann (du bist eine Wucht), Tania Niermeier, Karin Graf und Agentur und die wunderbaren Mitstreiterinnen vom Verlag Kiepenheuer & Witsch

3. Auflage 2024

Covergestaltung: Rudolf Linn, Köln
Covermotiv: © privat
Gesetzt aus der Garamond Premier Pro
Satz Wilhelm Vornehm, München
Druck und Bindung CPI books GmbH, Leck

ISBN 978-3-462-00702-2

»Persönlich und geistreich, witzig und anregend«

Jüdische Allgemeine

Eine Ehekrise, die am gemeinsamen Bücherregal ausgetragen wird. Ein KZ-Gedenkstättenbesuch mit dem jüngsten Sohn. Eine Liebeserklärung an die jüdische Literatur und eine Kriegserklärung an die Angst. In ihren urkomischen und berührenden, ihren stets überraschenden und scharfsinnigen Geschichten vermisst Adriana Altaras unsere Gegenwart. Sie erzählt von Mut und Zivilcourage, vom Älterwerden und dem Umgang mit Erinnerung.